胡冬林

著

SEN
LIN
LU
WANG

森林鹿王

图书在版编目（CIP）数据

森林鹿王 / 胡冬林著. -- 长春：时代文艺出版社，
2023.6

ISBN 978-7-5387-7106-0

Ⅰ. ①森… Ⅱ. ①胡… Ⅲ. ①散文集－中国－当代
Ⅳ. ①I267

中国国家版本馆CIP数据核字(2022)第226148号

森林鹿王
SENLIN LUWANG

胡冬林　著

出 品 人：吴　刚
选题策划：焦　瑛
责任编辑：焦　瑛
插画作者：卜昭禹
版式设计：张　帆
封面设计：青空工作室
排版制作：陈　阳

出版发行：时代文艺出版社
地　　址：长春市福祉大路5788号　龙腾国际大厦A座15层　（130118）
电　　话：0431-81629751（总编办）　　0431-81629758（发行部）
官方微博：weibo.com/tlapress
开　　本：880mm×1230mm　1/32
字　　数：100千字
印　　张：5.25
印　　刷：吉林省恒盛印刷有限公司
版　　次：2023年6月第1版
印　　次：2023年6月第1次印刷
定　　价：39.80元

图书如有印装错误　请寄回印厂调换

当你拿起这本书时，

我替我倾注心血写作的这些可爱的动物——青羊、水獭、

熊、狍、马鹿、星鸦、狐狸、山猫们感谢你！

胡冬林

Contents
目录

SEN
LIN
LU
WANG

第一章

遭遇野猪一家

"放！"

这一声短促突兀，刚硬凶恶，是"汪"与"发"的混合声，爆破音，像脆雷，盖过湍急水声，在河谷中回荡。野猪的怒吼像狗的狂吠，八成是拼死一战的前奏。

我浑身一震，这绝对是三四百斤的大家伙。以前曾遭遇此情境，母野猪黑铁塔似的横踞路上，冲来人一声暴吼，意在喝退入侵者，让小野猪四散逃避。声势虽大，不把它逼入绝境，它不跟你拼命，毕竟是带娃儿的母亲。静待片刻，山林重归寂静。它们走了，迅捷无声。这是它们的家园，它们早预设了逃生通道。

糟糕，野猪是狍和鹿的伴生动物，各自以其灵敏感官发觉天敌，野猪个儿矮色黑，往往是前哨，它们发现异常会及时报警。这声吼等于拉响警报，方圆数里的动物纷纷走避。我们此行是专门来听鹿鸣的，雄马鹿在白露前后"开声"，持续二十余天。今日秋分，能赶上鹿鸣大戏的尾声。得多走上三五里，才能避开这声吼的影响。

我二十三岁时来长白山，亲耳听到过马鹿在林缘角斗的咔咔顶架声。五十岁时再来，在险桥峡谷，向导让我看一根冷杉倒木，它是被一个老猎手砍倒的。猎手事先算好树倒的方向，然后在距地面五尺处砍倒它，让另一头准确地架在十五米开外的石头上，使整根树干离地五尺，横担空中。

干这事的猎手想得十分长远：三十年后，冷杉树干上会生出长松萝，獐子最喜欢吃长松萝。那时候，他的孙子长大了，可以在这棵倒木上下套套獐子，取麝香卖钱，獐子学名叫原麝。可是，三十年不到，由于酷猎，獐已灭绝。

长松萝是长在松杉类树木上的寄生植物，人称"森林胡须"，丝状须长一至三米，垂挂飘荡在原始林中，是森林湿度的天然标志物。由于森林过度干燥，长松萝也大面积消失。

《诗经》里说：茑与女萝，施于松柏。三千年前，古人已记载了松萝的生长。茑是象形字，指鸟儿吃毕果实，用嘴蹭树，把籽粒蹭进树缝隙，长出槲寄生和松萝。槲寄生又叫冬青，也是寄生植物。三千年来，森林生态一直稳定。可是，到了今天，那个猎手万万没想到，人类造孽报应会来得这么快。

獐毛皮为灰棕色，在长白山鹿科动物中体形最矮小，天性羞怯，晨昏活动，生活隐秘，极难被发现。它和梅花鹿都几乎灭绝了，体形最大、茸角最值钱的马鹿还有指望看到吗？是向导的言之凿凿打动了我，我太想看到野生世界中的马鹿了，虽已进山，仍半信半疑。

前行数十步，向导在林下阳坡找到一个由碎干枝、落叶、枯草铺成的浅卧窝，澡盆大小，头南尾北，窝底巢材被压得扁平坚实，摸上去热乎乎的。这是超大的野猪妈妈，怕有小五百斤。我不由心生惧意，刚才真悬，在人家门口，等于到了鬼门关。一旦惹毛了它，老虎都得让三分。幸亏猪娃们已长到八九十斤，个个机灵精干，逃窜如风，它才卸下负担。否则，我们将看到一头状若疯虎的黑家伙闷头直撞上来，让我们尝尝它短粗獠牙和巨大冲击的滋味，它能毫不费力地拱倒一堵土墙。

打量四周，几株大云杉拱卫着这张卧榻，四周还横七竖八地分布着小野猪的铺位。刚才，这一家正在秋阳下鼾声大作，却被我们给惊醒了。真想对这个森林女王说声"对不起"。翻过山坡，眼前一片静静水洼，嗬，后院浴场。野猪太喜欢泥浴了，它们身上没有汗腺，需要长时间溺在泥水里纳凉。附近还应该有游乐场、蹭痒痒树和觅食场，好一片丰饶舒适的野猪家园。绕水洼一周，除了一处处可爱的野猪泥浴卧迹，还有多处狍子的小巧足印，它们常来此饮水。狍蹄迹铜钱大，双蹄瓣像两粒并列的大葵花子，秀气精致，透出股俏皮劲儿。哎哟，湿泥中出现一行马鹿蹄印。哇，确实是马鹿蹄印。蹄印小碗大，轮廓像倒置的心形图案，双蹄瓣顶端略圆钝，似两颗大南瓜子。由于体重大，蹄印深，显露出它威风十足的林中大汉风范。

⊙ 那群初涉情场的小公鹿，统统被凶悍的大角鹿赶出场外。

向导是个采蘑菇老人，跑山四十年，一眼看出这是头撵熊鹿，五百斤往上，饮完水直奔求偶场去了。那是长白山北坡最古老的求偶场，去年他还听见马鹿牛吼般的长叫。于是我们跟着鹿迹北行，有它带路，不愁到不了那个深山仙境。撵熊鹿指发情期目空一切的大公鹿，它们在角斗中杀红了眼，见什么撵什么，连误入领地的熊也不放过，连踢带踹，顶撞冲击，撵得熊像皮球似的滚下山坡。

向导说，早年每逢秋季，山上闹哄哄的，呦呦鹿鸣此起彼伏，鹿角的撞击声响遍山林。偶尔，还能看到大角鹿互相追逐的身影。十九岁那年，也是这个季节，日头刚卡山，他看见一群小公鹿翻过山梁，它们个个头顶油亮亮的叉角，像一片落光叶子的小树丛。

那是在晚霞的映照下，在五彩斑斓的秋叶海洋中且沉且浮的暖橙色的珊瑚群。

那群初涉情场的小公鹿，统统被凶悍的大角鹿赶出场外，它们长久地围着求偶场打转，用少年的稚嗓频繁地练习鸣叫，互相顶架，反复实践，为将来真正的角斗做准备。

这里植被繁茂，水流充沛，是马鹿的世外桃源。然而四十年过去了，经历一次次酷猎，这里变得如此安静，当年那群茁壮的小公鹿有后代留下吗？这座马鹿求偶场还会响起鹿王的威吼吗？这片山林及求偶场是马鹿种群艰辛生存史的见证啊。其中每一个场景、故事、细节，包括注脚，我都将视若珍宝。

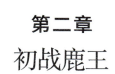

第二章
初战鹿王

途中歇脚时，向导给我讲了一个鹿王的故事：

三十年前，有个林场场长家办喜事。贺喜的人群中，周围村屯的五个成名猎手不约而至。这五个人平时互不服气，行猎中还互相暗地拆台。这回坐同一酒桌，三杯酒下肚，开始口出狂言，公开叫板。最终有人提议第二天一起上山，枪杆子上见真章。

五人进山不久，小径上现鹿群新踪，其中夹杂着一头大公鹿二碗口大的足迹——是鹿王和它的妻妾群的足迹。望着雪中的刨食迹和枯木上被啃去大半的桦树瘤，猎人知道，雪中的觅食鹿群且行且停，很快就能见面。于是，他们一字排开，持枪跟进。公平规矩，谁见谁打，比眼明枪快。

鲁炮抓阄居正中，走小径稍便宜，雪薄步轻，先听见鹿打响鼻。

吐噜噜噜噜——觉察危险临近，鹿表达不安并传警同类。

事不宜迟，面前有截枯树桩，鲁炮一脚踏上去，正巧扫到一群灰褐色的鹿影正疾快散开，奔入密林。小径上只剩大公鹿，它炫耀性地昂头仰脖，高抬四肢，睥睨一切地颠颠小跑。屁股上闪动着两团活泼泼的雪白臀斑，像两蓬白亮亮的旺火球。一双大叉角摇曳生光，似两杆光滑匀称的扬场叉①。它在吸引猎人，掩护已怀孕的众母鹿脱逃。

好手打鹿不打背后枪。子弹自后臀贯入，易打炸膛，粪汤外溢，脏内脏丢手艺。仓促间，鲁炮只能朝后脖颈儿开火，让子弹穿喉，但鹿在颠动，瞄准太难。想到身边强手环伺，他只好一试。

念头及此，鲁炮已开枪——砰！

砰，砰，砰，砰！另外四枪几乎响在一个点上。五人

---

① 扬场叉：一种叉禾草的农具，长柄，歧头如丫。此处用来形容马鹿的角光滑、坚硬。

均全神贯注，一人动全动。

鹿应声跄个前失，随即挣扎起身，摇摇晃晃地逃跑。

来到鹿跌倒处，雪地上遗几星喷溅状血迹和一绺碎毛。鹿被打中右胁，是右边姜炮打的，另四枪全走空。蹄印拐入密林深处，猎手们立刻码踪急追。白雪上大滴血迹渐多，陈炮指了指一处雪地留痕，鹿吃雪了。失血后口渴，估计走不远。众人打起精神，踏雪声响彻森林。突然，一切安静下来，人们一动不动，瞪大双眼，呆怔怔地看着前方。

二十米开外，鹿倚树站立。这回看清楚了，这是头八叉角公鹿，高大雄健，足有五百斤。它目光略失神，呼出的白气稍散乱。枪伤在右胁，血淋淋一条弹痕，弹丸豁开肉皮，深深犁出一尺长伤口。但是，让猎手们惊心的不是鹿，而是它右前足踏着的那棵一搂多粗倒木。外行人看不出名堂，在猎手眼中，倒木中段底部低凹处，杂草后面，现乌黑洞口。洞口四周，凝结一层厚厚的雪白霜花，霜花银光烁烁，条条缕缕地向四周延伸，那是洞内大动物散发

⊙ 大鹿陡地抖擞精神，奋蹄猛跺倒木。那是棵干透的橡树，山里人叫"响木"。坚蹄跺响木，似重锤敲响鼓。

的热气遇洞外冷气寒凝而成。

熊仓！

个个是掏仓打熊的老手，此刻却心口冰凉。

猎行有句老话：正打熊，旁打猪，后打虎。可猎人手中的枪是打独子的"老撅把子"，与熊相距三十米，难保一枪击毙冲锋极快的怒熊，装第二弹根本来不及，熊冲锋速度极快，百米的距离五秒即到。所以，掏熊仓打熊，掌枪的主射手身后必须配备第二射手补枪，不但保证猎事成功，还保护主射手不被熊伤害，此乃猎行铁律。

形势逆转，刚才猎人还在开枪打鹿，现在反过来了，鹿要借熊伤人。危难当头，讲究心齐。心齐，五条枪是精准的五连发。心不齐则犯大忌，会出人命。身犯险境，只有打破隔阂，速定主副射手，才能应对险情……可危机从不等人。

咚，咚，咚！三声爆响。

大鹿陡地抖擞精神，奋蹄猛跺倒木。那是棵干透的橡树，山里人叫"响木"。坚蹄跺响木，似重锤敲响鼓。

猎人个个心头剧震，五条枪齐齐举起。

熊紧贴倒木掏洞，又属假性冬眠，洞顶响震，它立即惊炸。熊天性护巢，见门口来人，顿时火冒三丈，径直扑出。

熊影乍现。人在危急中偏生私心，全指望别人打头枪，若打不倒，自己补第二枪保命。怪事发生了，当熊吼叫着扑来时，五条枪均未打响。

一切发生得太快，只两三秒，怒熊挟风而至，居中的鲁炮被巨力打翻。熊当即压上，恶狠狠撕咬，熊低吼和人惨叫响彻森林。人命关天，四人掐着枪围着战作一团的熊和人打转，却不敢搂火，怕伤人。眼睁睁看着人一动不动，熊飞身翻过倒木逃走，四人才凑上去。拽起昏死的鲁炮，急察伤势，全身不见一丝血迹一道伤口，只棉衣被撕烂，绽出大团棉花。明摆着那是头二十岁往上老得掉光了牙齿的熊爷爷。老秋时，熊全身要储存十五厘米厚的脂肪层，才能安度六个月冬眠期，为此，它们从夏季就开始猛吃增膘。老掉牙的熊咀嚼困难，膘情单薄，注定活不过这个冬天，但它赢回了一份尊严。再回头找鹿，早已消失不见，雪地上留着一行大步流星奔逃的鹿迹。

　　四人轮流架着散了架的鲁炮下山，心头都压着块沉甸甸的大石头。真窝囊，半辈子打倒猎物无数，没承想败在一只挨了枪子的伤鹿和一头老掉牙的熊手下。平时个个自认好汉，牛皮吹破天，可关键时刻露怯，骨子里个顶个是怕死鬼，哪像个真爷们儿？！这事如果传出去，保准让大伙当笑话传讲二三十年。

第三章
与鹿对歌

　　晚秋的原始林中最生机勃勃的当属五颜六色的蘑菇，随处可见的牛肝菌是数量最多的一个种类：红艳艳菌盖布满鳞片的血红牛肝菌，通体金褐色的绒盖牛肝菌，高大醒目亮黄色的厚环黏盖牛肝菌，菌盖似撒满面包渣棕红色的虎皮乳牛肝菌，黏湿的紫褐色的褐环乳牛肝菌，十分可口的暖橙色网柄牛肝菌，小胖子似的浅棕色美味牛肝菌。另一种吸引人的是长在倒木上的橙黄灿灿，老百姓称为冻蘑的亚侧耳。经深山水土滋养，它们个个肉厚盘大，小碟子似的行行排排，倒木上仿佛开满明艳艳的黄花。路边还有一丛丛通体乳白、菌褶细密的烟云杯伞和形成各种蘑菇圈的花盖菇，半米高的高环柄菇也是深山一景，在低山带十分罕见。可惜此行不是寻菇之旅，不然还会寻见红蛤蟆菌（毒蝇鹅膏菌）等美丽菌类。

◎ 大树上长着一坨白玉似的猴头蘑。洁白润泽，菌须上挂满露珠，一团夹杂湿气的浓郁菌香扑面而来。

向导忽然往林间拐去，前边的大树上长着一坨白玉似的猴头蘑。从未见过这么大的猴头蘑，它仿佛脸盆大小，洁白润泽，菌须上挂满露珠，一团夹杂湿气的浓郁菌香扑面而来。可惜，蘑菇的侧面被什么动物咬了一口。

向导指指树下一双清清楚楚的马鹿足迹，这里是马鹿的活动区域。脚下覆满落叶的小径模糊难辨，时不时见纤细的棕黑色灰喇叭菌与鹿蹄迹相伴而生，这是条百年鹿径，也是猎手的行猎小径。

在人迹罕至的深山老林，分布着许多这样的荒僻小路，尤其在人类难以攀登的山涧陡崖，隐约出现通往涧底的小径，那是昔日鹿群下涧饮水踩出的小路。早在人类进入深山之前，众多兽径早已遍布山林。和人类社会一样，各类野生动物都有自己的领地和行走路线，像熊径、狼道、狍路，连野鸟都有鸟道和领空，其中包括巡猎、觅食、饮水、求偶、逃生等路线。同时，它们还有公共社区和交通网，如洗浴场、游乐场、草场、迁徙道路。马鹿高大行健，活动区域大，是动物界的开路先锋。鹿群走过之后，野猪、狍子、青鼬、狐、熊、虎等动物纷纷利用，逐渐踩出小道。后来人类进入山林，沿着这些兽径进入大山深处，采参、打猎、挖药、伐木，动物被赶走或打光，兽径变成人行小道。

"嗞唷唷呦——唷呦——呦——嗞哞啊——哞噢——噢——噢嗯哦啊——噢啊——"

远方蓦地响起一声曲折悠长野性四溢的神秘叫啸，像一段来自异域音色丰富的曼声吟哦，一声徐徐而来庄重舒缓的雾角呼号，一阵疾风中林海松涛的持续奏鸣……我惊呆了，用全部身心去聆听那昼思夜想的荒野长调，它仿佛来自原始森林深处，来自大山内部，那里有一个神通广大的森林之神，在落日前的宁静时刻，把嘴唇凑在一段弯曲的空心木或一根雕镂的兽骨笛上，吹出一曲北方森林的灵魂乐章。不，那是一头站在树荫下的雄壮公鹿，举头向天，全身被一口深长的气息紧绷，粗大的脖子、宽阔胸膛和抽紧的小腹连成一线，把一声声狂野叫啸送上天空。

眼望传来长啸声的南方，我不由自主地翕动嘴唇，默

⊙ 三头雄鹿，两真一假，在不同方位，相距数里，此伏彼起，你唱我和。

习那曲曲折折的叫声。好在它在距我三华里^①的某处，而且精力充沛，每隔一两分钟就叫一声。当我学到中段的顿挫处卡住，正等它再发声时，东北方向，又响起一声雄赳赳的拖长啸叫。

又一头雄鹿！

它在回应对方的挑战，叫声毫无惧意，直接干脆。听声音，它离我更近，三华里不到，连叫声结束后的粗重喘息都听得见。有了新加入的叫声提醒，我索性随着它的叫声，小声完整地叫了一遍。没想到，这起伏的旋律中有股魔力，一下子把人带了进去，我不由忘情地打开胸腔，放声长啸起来。

好一场酣快淋漓的畅叫，想必我与雄鹿有共同渴求，全身心融化在叫声里。于是，三头雄鹿，两真一假，在不同方位，相距数里，此伏彼起，你唱我和。估计我这头"雄鹿"叫得最卖力，鼓胸膛，憋足气，抻长脖，张大

---

① 华里：长度单位，1华里等于0.5千米（公里）。

025

嘴，尽全力吼出壮阔鹿歌。《乌苏里莽林中》一书的主人公赫哲族老猎人德尔苏·乌扎拉听过老虎笨拙地学鹿叫，诱其前来捕杀。可怎么听都不像，还是憨犷虎声，逗得老头直乐。我比虎幸运，因为我的灵魂中有鹿，人嗓又比虎嗓构造复杂，我早化身心急火燎的雄鹿，用叫声与马鹿互通心曲。

最初的惊喜过后，我开始边叫边揣摩鹿歌含义，渐渐悟出鹿歌分三个阶段：叫声初起乐段尖细婉转，分明是一种切切倾诉，小男孩难为情般的悄语低咛，羞怯中带点儿埋怨意味，娓娓细述对美丽母鹿的长久思念。随着长长的"呦呦——"渐渐上扬，声息绵绵，道出难以掩饰的渴求，表达开始大胆炽烈——来吧，快来相会，幸福在等着我们——传达出它的殷殷相邀。当婉转起伏的低吟响起时，转入饱含深厚力道的第二阶段。持续低沉的叫啸放宽并高昂，霸气毕露，牛吼般宏大且具坚实金属声，这是豪气万丈的自我宣言：我是身经百战的角斗士，胸宽体阔，正值黄金年龄，强大的犄角能撞碎山岩，蹄声震动大地，能同疾风赛跑，飞身跨越山涧。我拥有水肥草美的领地，养育数不清的子女，我将保护你和孩子生活平安。随着叫啸渐渐达到顶点，达到第三阶段的高潮，它释放出阔大胸腔的全部气力，宽幅声波像一面无形巨旗，声震四野，直冲云霄，汇成傲视群雄的天地告白：我是伟大的鹿王，这座山林是我世代相传的家园，我将打败所有对手，拥有年轻的母鹿群，把热血和生命传给后代……收尾的啸声又转为深沉重浊：谁敢来，敢吗？来受死吧！最后，以直通通的威胁性咆哮结束，再次强调自己走向王者巅峰的决心。

一遍又一遍，我反复琢磨猜想体会，最后凝成一句直白的表达：我不是普通的公鹿，我是伟大的鹿王！

听到这叫声，对手们纷纷不战而退。若接触，大多数角斗在一分钟内即分出胜负，母鹿们蜂拥而来，围拢在获胜的公鹿身边。但是，如果出现另一头实力相当的骄横公鹿，一场角斗旋即展开。

"刚！"大力撞击似原木相撞，森林为之一震。公鹿角斗是北方森林最火爆酷烈的战斗，角斗声惊天动地。两头公鹿似蛮牛抵角撑地，全身肌腱条棱凸起，血红鼓睛，狂喷鼻息，巨角扭绞，劲蹄蹬踏，草皮四溅，石头翻滚，两头发狂公鹿拼死恶斗。寒暑秋冬，等的就是这一天。不怕硬角被撞碎，眼睛被戳瞎，腿骨被顶断，心窝被刺穿。每十头参战的公鹿，总有两头致残，一头死亡。还有的战鹿攻击太猛，又大力扭动大角，使双方的鹿角互相扭在一起，无法分开，最终双双死在荒野上。然而，它们怒炽的野性彻底爆炸，根本不计生死。癫狂中，它们只想在角斗中把热血和青春尽情张扬泼洒。战斗间隙，鹿喜去泥滩凉一凉滚烫的身子，稀泥浸漫肚皮，如抹上一层乌黑锃亮的柏油。这些头次上阵的公鹿很可怕，不知疼，不怕败，只求生命狂放恣肆。无论多暴烈的角斗，哪怕战鹿倒下，在场边那些观战的美丽母鹿也似乎无动于衷，只把目光盯在得胜长啸的鹿王身上。它们温驯地靠拢过去，这样的母鹿多达二十头，群拥在鹿王周围。鹿王细嗅每头母鹿，再翻唇向天，似向上苍讨要精髓，实则通过气味辨别母鹿是否排卵，抓住一年中只有两天的排卵佳期，完成传宗接代的大事，这是它毕生追求的使命。同时，它要不断驱逐前来挑衅的公鹿，为护卫母鹿群不受侵犯而四处奔忙、战斗，根本顾不上吃饭、喝水，不眠亦不休。这样一个交配季下来，它要减去四分之一体重，身体衰弱不堪。

西伯利亚的玛涅格尔人，用一种卷得不紧的长约两尺的细木哨叫奥来风，能逼真模仿母鹿的细锐长声，引诱雄鹿来埋伏地点。女真人猎鹿也有哨鹿术，一直沿用到清代中期。两种鹿哨形状不同，前者尖锥状，微弯上扬，形似马刀；后者曲如弯月，管口粗大，形制与古战场上的弯管号角相似，具公鹿般的雄浑低音。两种号角都可与鹿对叫，诱唤鹿前来求爱或应战。

身处荒野，学鹿声与鹿呼应，是人生中极其珍贵的时刻，相信世间没有几人体验过这样的幸福与狂喜，尤其在作家群中，我应当是第一个。

叫哇叫，不知过了多久，东北方稍近的那个急性子知难而退，不再发声。剩下我和远处那只鹿还沉浸在舒畅的对叫中，直到向导把我从沉醉中唤醒。

"别叫了，来啦！"他指向对面山坡的冷杉林，"刚过岗梁。"

夕照洒在树冠上，冷杉林上层闪耀着明亮的金橙色，像燃烧的火光。下层被山影笼罩，呈无边青墨。马鹿冬毛浓灰杂淡栗，与林影同色，难以辨清。直到一棵云杉墨绿树冠轻轻晃动，才看见那对明晃晃的大叉角。远远望去，好似在海面远行的光闪闪的双桅杆。鹿角骨质，原色浅灰渗黄泛白。此刻光照部分尽染余晖，灿灿生光，宛如一对浓缩了秋季所有绚烂山色的琥珀树，这是深山鹿王的华冠啊。沁凉山风拂来，隐隐挟带杀气。它来得快，转眼下至半坡，一半鹿角没入山影，半浮半沉，几不可见。老虎聪明，学鹿叫有道理，好战的鹿此时已冲昏头脑，要迫切投入角斗。

传说，古萨满神帽上插着一对鹿角，角的分支多少决定萨满的品级，初级为三级，顶级为十五级，法力逐级递增，能通神并化身为各种自然神祇为之代言。古人造龙汇聚鳄首、鹰爪、蟒身、鹿角诸野生动物最强大的武器精粹，鹿角居头顶，集古人动物崇拜之大成。萨满崇尚鹿角真正的底蕴是：鹿繁殖在金秋，森林收获季。雄鹿此时活跃无比，打天下的鹿角象征繁殖与丰收，正是古人类生存与种族延续的根本。萨满借鹿角化身精力无限的雄鹿，意即化身繁殖丰收之神。

回过神来眺望，鹿已下至沟底，身体隐在灌丛长草里，只见泛白鹿角轻轻摇晃径直行来。雄鹿凭叫声低沉雄厚展示实力，叫声起处，强弱立判。想必它从我上气不接下气的破锣烟枪嗓听出，这是个外强中干的家伙，还想骗诱母鹿？所以打上门来教训一下这笨蛋。眼见它汹汹而来，向导拽我一下，示意后退。是啊，公鹿一旦暴怒冲锋，利角能穿透人体，把人钉在树上，何况它是个罕见的大八叉，属鹿王级。最大的鹿角高一米八，宽亦同，重三十六公斤，威武非凡。

　　暮色愈重，山影如墨。公鹿仿佛全身没入水中，微微发白的鹿角梢依稀可见，像一群隐匿黑暗林下的小精灵，高举两杆鹿角大旗直逼过来。眼下，我已感受到它恣意张扬的杀气。

第四章

我的新朋友

归途中，想起以往与马鹿打交道的经历。

二〇〇五年冬天，临近春节，二道白河的大集格外热闹。在一个角落里，见一人在售卖野兔。野兔很肥，我便买了两只。交谈中，知道这人是下套捕兔的高手，平均每天能套两只兔。那年是野兔大发生年，只要上山，便会看见次生林里到处都是野兔奔忙的足迹。当大雪封山时，它们无草可食，便去啃小树的嫩枝和树皮。这些大食量的家伙对树木造成的伤害非常大，啃光树皮，等于截断了树木从根部向树冠输送养料和水分的通道，会造成树木大量死亡。如果野兔闯进小树苗林地，造成的破坏将相当惊人，整片整片的幼树都会被它们啃光吃净。所以，这人起到了控制野兔数量的作用，我想交这个朋友。

他住在宝马屯，距我的住处二十华里。转过年春天，我找了个空闲时间去他家串门。

刚到村口，忽听一阵叮叮叮的鸟鸣，悦耳的声音像两把铜钥匙互相敲击发出的金属脆声。不用看，是北红尾鸲，一种常在民居筑巢孵卵的小鸟。果然，一只婚羽绚丽的小鸟飘飘飞过。怪不得老乡们叫它火燕或大红燕，这是只雄鸟，头和上背部为灰色，下颏、侧背及尾皆为纯黑；腰和尾上呈亮橙红色，尾羽亦有鲜艳橙色；羽翼上有一块耀眼的白羽斑，十分明亮。一眼看去，此鸟橙、黑、白三色鲜明，在阳光下，像橙红色火花闪闪飞舞。细看，它嘴里叼着一缕浅黄色兽毛，显然正在搭建产卵的小窝。

我手头有一本《长白山鸟类志》，是鸟博士赵正阶叔叔主编的，他是我父亲的老友，书上有他的签名。先生对北红尾鸲研究得很细致，书中说它们吃五十多种森林害虫，对树木生长帮助很大。这种鸟一年生两窝蛋，现在正在建新巢。它的巢呈圆杯状，结构上外层多为苔藓和树皮，内层多为各种兽毛、细软草根、麻及棉花之类，它还把兽毛和羽毛铺在巢底和四周为鸟蛋保温。原来，这只雄鸟来回飞翔，正忙忙碌碌地叼着兽毛回家铺床垫呢。

我顺着北红尾鸲的飞行轨迹望去，喔，那是一户农家的土坯仓房，房檐下有宽裂缝，它和雌鸟不断叼着巢材飞进墙缝，又空着嘴飞出再去搬运，鸟巢明显就建在墙缝里。这小两口取得建巢材料的地点就在附近，所以来回飞行十分频繁，来来回回嘴里叼的全是兽毛。它们不怕人，由于它们的食物大多是森林害虫，没人伤害这种益鸟，大家都很喜爱它们。我完全可以跟过去看看它俩在是哪儿找到的兽毛。

只前行十余步，就见一排刚刚绽出绿叶芽的春榆在风中摇摆。绿枝拂动中，一头大动物的身影若隐若现。再前进数步，已看清它棕灰泛黄的毛色，高大苗条的体形。咦，不是牛，倒像匹马，可马比它粗壮许多。驴没它高，也没有这么美的体形。数种猜想在脑中倏忽而过，必须看见它的头部才知答案，可正在埋头吃新草的它就是不抬头。再走两步，见它身上乱毛纷披，显然正在褪去冬毛。忽然，空中橙红色的火花一闪一闪，那只艳丽的北红尾鸲雄鸟飞来，轻盈地落在它高耸的后臀上，叼一嘴细毛转身灵巧飞走，在空中留下一条起起伏伏色彩斑斓的波浪线。啊，它们小两口是在这头大动物身上找到的建巢的材料，多么轻柔细软的兽毛呀，那是过冬的底茸，肯定特别暖和。

这时，那头大动物抬起头来，又大又黑的眼睛定定地向我看。

马鹿，我简直不敢相信自己的眼睛，一头大马鹿！

想马鹿想得太久，找马鹿的故事找得太久，它在我心中已是传说中的神物，怎么能想到，朗朗晴空，大太阳底下，一头大马鹿竟活生生地站在我面前。

这是头母马鹿，体形精壮而苗条，整体远比马匹要俊美飘逸。阳光下，它毛茸茸的大眼睛像水润润的紫葡萄，透出山野的气韵。浑身的毛皮呈浅赭色，那是新长出的夏毛。老旧的灰褐冬毛一绺绺卷曲、脱落，成了小鸟们争抢的絮窝材料。它丝毫没有惧怕，一直望着我，一副好奇又单纯的神色，好似在问：你是谁，我怎么不认识你？

⊙ 母马鹿一步步走到我面前，伸过头来，用嘴唇拱一下我的衣襟。

　　我惊呆了，傻愣愣地站着，生怕做出不当的举动惊吓着它。这是千百回梦境中的相逢，千百回想象中的碰面，我非常珍视……让我万分惊奇的是，它竟然毫不惧怕人类，向前迈了两步，然后停下，观察我的反应。见我一动不动，它竟一步步走到我面前，伸过头来，用嘴唇拱一下我的衣襟。

　　望着它眼睛里透出的和善，还有它表示亲热的举动，我猛地恍然大悟：这是头人工养殖的马鹿。可是，它的主人呢？

为什么把它散放着？不怕村狗们的攻击吗？

一团热烘烘的马鹿气息包裹了我，它毕竟是头四百多斤的大动物，散发的热量惊人，这是活生生的马鹿气味呀，充满旺盛生命活力的气息。不容我多想，它又一次伸长脖颈，把鼻端向我凑过来。我马上伸出手，轻挠它颏下的皮肤。这是跟动物打交道的方式，抚摸它和同类互相表示亲近的可触碰搔痒的区域，它会因此对你消除戒心，对你产生好感和信赖。

我做对了，它打了个舒适的响鼻，声音很轻，然后，把脸颊贴在了我的脸上，再然后，它扭过头，用鼻子寻找我的手。当湿润乌亮的鼻镜触碰到我的手时，它马上伸出温暖的舌头，一下一下地舔起我的手来。我的手汗津津的，充满咸味，它这是在舔盐呢。

那一刻，我心中充满惊喜，我有了新朋友，一个动物朋友！

它会牢记我的气味，终生不会忘记。同时我也想到，它是人类养育的动物，没有野性，对人类充满信任，而且它也渴望结交新朋友。

我拧下相机镜头的遮光罩，权当梳子，像牧马人养护爱马那样，一下一下给它的全身梳毛。它舒服得静静站立，从它的姿态和眼神中看得出来，它十分享受这种梳理，乖乖地站着不动，只偶尔还打个轻轻的响鼻，摇摇短尾巴，扭头感激地望我一眼。

"它在和你套近乎，你真行，对'瘸子'这么好。"

一个路人的声音传来。我回头看，道边站个老人，不知站了多久，想必把我对马鹿的喜爱之情和亲密交流都看在眼里。

"这马鹿是个瘸子，跟主人家很亲，主人也喜欢它，一直这么养着，全村的人和狗都认识它……大家都管它叫'瘸子'。"

见我跟老人说话，马鹿侧头看我一眼，转身离去。我注意到，它的左后腿走起路来一瘸一拐，十分不便。

老人赶紧提醒我："它回家了，你跟它后头，就能到它家去。它主人家姓王，老王头人好，能给你讲它的不少事，去吧。"

于是，我跟瘸鹿一步步向它家走去，完全忘记原本要去拜访的那个捕兔能手。可以说，我的心思都被这头马鹿吸引过去。凭感觉，它的身世一定会是个动人的故事……

第五章
倾听鹿语

另一次与野生鹿遭遇是在我最喜爱的散步小道。二〇〇八年冬，我五十三岁，上山能走三十公里。有一天散步，见雪中有公马鹿的阔大蹄印。自那时起，年年见它足迹，于是便有了与马鹿蹄迹一同散步的乐趣。又特意多次在清晨或傍晚长久地在山路徘徊，想跟它见面，但一直未能如愿。终于在一个秋夜，去寒葱沟听林鸮夜歌，黑暗中与它遭遇。

那条山谷与散步小道隔一道山冈，我太熟悉了，闭眼都能走几里地。进原始林不久，前边传来哗啦哗啦的拨动草木声。听声音，我应该遇上了大动物，与我相距约十米。惊愕中，前方又响起咚、咚、咚的坚蹄大力跺地声，震得地面大幅颤动，这是有蹄类动物恫吓对手的典型行为。

马鹿，个头不小！

夜色中，隐约辨出面前黑黝黝的树丛，树丛后传来粗重的喘息，似乎感觉到它喷出的气流。太近了，它随时会闯过树丛冲来。一切发生得太突然，根本来不及反应，我僵立当地。过一会儿，又响起刮擦草木声，听动静，它正转身离去。悬着的心刚放下，耳边响起"哞——"的一声大吼，充满愤怒，声震四野，是恫吓声。接着又是一声，又一声……一声比一声小，它在吼声中渐行渐远。野生动物的夜视力超人类五倍，甫一照面已看清人形。幸亏马鹿发情期已过，我才躲过一劫。

向导打断了我的回忆，走到一列火山灰沉积的矮崖下，他面对崖壁感叹："二十多年没来了……这山洞八成还能住。"

手电光照中，见崖壁中间隐约有凹陷，其上覆一扇旧松枝捆扎的简易门，十分隐蔽。我不由得大喜，这是向导曾提到的狩猎洞。我急不可待地沿崖壁裸露树根攀爬上去，挪开小门，眼前赫然现出黑漆漆的洞口，心中不由得欢呼：终于遇到一个完好的狩猎洞！

以往在深山中，我见过许多猎人搭建的半地穴式地窨子，可惜都由于年深日久塌陷，无法居住。地窨子对我有种神秘诱惑：我一直想找个完好的简易居所住上几宿，最好有火炕，能深入体会猎人的日常生活与劳作。同时由于猎人知晓猎物活动区域，会选择方便出猎地点居住，我也有可能观察到野生动物的影踪。有一次，找到一处建在石崖缝中的老窨子，从洞口厚积的苔藓层判断，怕有五十年了，但我没敢进去，担心洞内有蛇窝。这回，这

挪开小门，眼前赫然现出黑漆漆的洞口，心中不由得欢呼：终于遇到一个完好的狩猎洞！

回肯定有大收获。

粗看上去，里面的铁炉、工作台、搁架、烟道、木板床铺、储藏仓等一应俱全，只是全被厚厚的积尘覆盖。细看，洞壁上掏出一排放杂物的小方洞，分别摆放着油瓶、盐罐、碗筷、调料等。靠边的方洞有纸盒，内有十几发子弹。再看搁架，上面晾着几根干鹿筋，还有一具风干了的动物尸体，像木乃伊似的皱巴巴的，分不清是什么动物。乍看像狗，但腿细且长，个头亦比狗大。当时，猎人把它当食物，拾掇妥当后放在搁架上待随时取用。洞内太干燥，它被风干了，成了一具风干的年轻生命。洞壁上挂一串干朽蘑菇，一碰即成粉末，还挂一副四叉鹿角和一捆未用过的钢丝套。还有，炉子里是满当当的柴火，灶上的饭锅黑乎乎的。铺盖已经看不出颜色，地上还放着半袋子米，简直是个小型狩猎博物馆。

这一切引我好奇，也有重大疑问：洞主人似乎突然遗弃洞里的一切，一去不返，什么原因让他匆忙离开？根据所有迹象判断，我是那个不知名的精干猎人离去后第一个进洞的人。

"二十多年啦，还跟昨天似的。"身后传来向导沉重的低语，"自打我'撅枪'以后，再没回来过。"

撅枪，猎行老话，意为金盆洗手。生存方式发生重大改变，往往缘自猎人行猎中遭受触及心灵的大变故。这老哥的言行举止，早已无意中流露出猎人的特点，而且是个成手。

见我不愿离开，他补了一句："这是我跟我哥的地窨子。他出事后，成了我的伤心地……走吧！"

那是怎样的一段伤心往事？我不好追问。

夜路漫漫，向导一路沉默，陷入悲伤往事。行前，我在崖下留了记号。今后的春夏秋冬四季，我都可以来这里小住，洞里的木板铺能住三人，带伴儿来也行，近距离观察马鹿，这地方太合适了。

向导他哥二十年前的惨死，当时很轰动，老辈人都记得。这人是个狩猎高手，尤擅下套，人送外号"老套子"。在马鹿求偶季，老套子在鹿蹄沟上梢，沿鹿群下涧喝水的鹿径下了二十多个连环套。同时还在鹿径两边的小岔道儿挡上横栏杆，逼鹿群只能走这条下了套的小径，这种拦截方法叫"挡亮子"。这方法特别歹毒，能把鱼贯而行的整个鹿群一网打尽。二十世纪九十年代，在险桥峡谷，就曾有一群鹿中连环套，二十九头鹿全部身亡。下套者很久未来蹓套①，鹿尸内脏全部腐烂，个个腹胀如鼓。一头熊循味来吃腐尸，也不幸中套身亡。至今，那条山沟每年都能捡到被山洪冲刷出来的鹿骨。我曾捡到过鹿的胫骨、旧钢丝套，还拍到过深陷树干中的老套。当然，猎人下连环套也有失算的时候：领头鹿走到河谷边试探着下坡，触碰头一个套，这叫"挑迎门套"。中套的鹿拼命转圈蹿跳，它是带头母鹿，平时众母鹿都听从它的指令和安排，它起示范引导作用。现在它遭了难，自然惊得众鹿四

---

① 蹓套：即蹓套子。指猎人下好套子后，要经常到下套子的地方巡视，看是否套到野兽。

散奔逃，下套者只能自认倒霉。鹿太敏感，中套后拼命挣扎，往往半日即身亡。

出猎前，老套子曾跟弟弟说，找到了一条能挣大钱的黄金鹿道，但是，他这趟出猎二十多天未归，亦无音讯。弟弟十分着急，匆忙找几个伙伴进山寻找。看见山洞里大哥多日不归的迹象，心头已蒙上一层阴影。后来沿河谷上行，一行人听到了老鸹报告凶兆的叫声，弟弟顿时明白哥哥出事了。远远地，他看见悬崖下躺着一头鹿。再走近些看，是头母鹿，然后看见鹿身下压着一个人。鹿和人都已死五六天，尸体遭鼠咬鸦啄，其状甚惨。

根据现场分析：领头母鹿犯迎门套，猎人在陡坡上拽套绳，把死鹿拉上平台要剥皮剔肉，结果失足坠崖。由于套绳在手上缠着，鹿也跟着掉下来，砸到人身上。这时节经整个丰饶秋季的滋养，膘肥肉满的母鹿重二百公斤上下，结果把人砸死了。还有一种可能：当时鹿王在场，见猎人杀死爱妻，立刻发动攻击，把正在拽母鹿的猎人顶下山崖。这里是它的领地，又正值疯狂求偶季，证据是崖头附近有陈旧的大粒鹿粪。

大哥死后，他家失去顶梁柱，大嫂和孩子立刻陷入贫困境地。这个巨大变故让弟弟痛彻心扉，毅然决然撅枪。

那头领头母鹿是鹿群中俏丽高挑的美女，刚完成交配并已受孕，它的牺牲拯救了鹿群。这季节本不该猎鹿，然而，猎人一年四季均猎鹿。自人类诞生以来，鹿科动物一直惨遭杀戮。同时，它们也是养育人类从童年走向成年的动物群落。现在，我们面临着保护鹿群的重大责任，母鹿是种群发展的希望。春季，母鹿腹中胎儿刚成形，猎人专打母鹿取胎，熬制鹿胎膏售卖。向导说，猎手打倒孕鹿后，急切想知道鹿胎长得是否到火候，能卖个什么价。于是将鹿仰卧，先看丰盈粉红的乳房。鹿乳房与牛乳房类似，如果两颗滋润饱满的乳头有棕色乳晕，就预示胎儿发育正常。再捏一下乳头，喷出一股旺盛乳汁，直射人脸上，温热中带点儿膻味，说明胎儿已长成，再有三四天就出生，这不符合熬鹿胎膏的要求，勉强可用。熬膏须嫩胎，猎人最希望看到的是刚刚膨大的乳房。唉，一鹿两命，食物丰饶的年轻母鹿还会怀双胞胎。这样的鹿胎围至少有五千年历史，至今仍未禁绝。

写这篇文章时，我面前摆着一头马鹿的胫骨，这是二〇一〇年秋，一位朋友来长白山，我们在一条火山峡谷的小溪里捡到的。鹿骨的表面覆盖一层薄薄的绿苔。我拿给向导看，他不假思索地说：“大公鹿的小腿骨，骨头吃草了，三年前打死的。”

这让我想起：二〇〇七年七月，我在地下森林山坡上捡到的一块母马鹿的头骨，眼窝等凹陷处也生了薄薄的绿苔，两块骨头证明这一公一母两头鹿分别于二〇〇五年夏和二〇〇七年秋被猎杀。二〇〇八年八月，我还在保护区密林中遇到一堆去年被杀死的马鹿骸骨，还拍了照片。

我每写一种动物，都会在书桌上摆放一个写作对象的骨骸或相关物，这已成了习惯。书案上曾摆过野猪下颌、狐爪、青羊粪球、星鸦尾羽、水獭标本、青鼬尸体照片、山猫皮做的手套……

我是为了提气，为野生世界伸张正义之气。

河谷边花楸树开花，一团团雪白小碎花点缀河谷上下。路边还有高山耧斗菜蓝铃铛般的垂花，花茎长满淡褐色小鳞片，顶着嫩黄花朵的款冬，开满粉红簇状花的瑞香小灌丛，还有初绽的紫红与天蓝相间的山矢车菊。谷底更是繁花似锦，粉嫩嫩的高山紫菀，枣红色抱成一团的三叶草花，纤细小巧的淡蓝风信子，白色伞状的前胡花，小星星似的虎耳草花，白色花穗的高大藜芦，花苞绽开的深紫色鸢尾，花海一片连一片。

在母鹿哺乳时节，我住进魂牵梦绕的狩猎洞。洞内干燥舒适，比住帐篷强很多，尤其洞口隐蔽，能俯瞰河谷，还能瞭望对面的针叶林。大量蹄迹表明，那头怒吼的母野猪家族是我的近邻。重要的是，有马鹿在这一带栖息。听说，长白山保护区还有三十余头马鹿。

安顿下来已近黄昏，山影笼罩河谷。

晚饭后，我开始写当天的山林笔记。

　　偶尔抬头，见洞壁上刻着几根简陋的线条。细看，刻的是一头公鹿。干树枝般的叉角，长方形的身体，四根直线代表四肢。刻画手法拙劣，远不及旧石器时代的岩画。

　　鹿科动物对人类有养育之恩，因此，鹿形象成为分布世界各地古岩画的重要内容，印象最深的是黑龙江下游的天犴岩画。天犴錾刻在江边的巨石上，画面中公鹿身躯高大，四肢劲健，伸颈昂首，奔腾若飞。鹿躯干上有几处象征太阳的符号，意味着它是宇宙中的神鹿，这是当地北方鹿的自然图腾。古人类世代雕刻的岩画，寄托着对富庶生活的祈盼。

　　当地人有一个古老传说：一个猎人击伤了一只鹿，翻山越岭追踪很久。周围林涛怒吼，密林里仅见一线阳光。他后来跟着鹿蹄迹走出原始森林，登上一座石崖，面前展现一片充满阳光的神奇河谷。猎人回家向族人讲述了新发现，他的家族便搬迁到这片物产丰饶的地方。

　　鹿以草木为食，它们伸脖吃树叶、野果，俯身食草梢、浆果，低头啃蘑菇、苔藓。排泄时把植物种子、菌类和苔藓的孢子播撒四方。它们在四月褪冬毛换夏装，冬毛常被鸟类叼走絮在巢底，当作产卵保暖的褥垫，各种森林鸟类都受益。再者，食草动物排出的以草渣为主的粪球或粪饼，一般只消化吸收了植物养分的百分之六十，那些还含有百分之四十营养的粪便落地后，马上会被屎壳郎、金龟子及各种食粪昆虫当成宝贝，有的大吃大嚼，有的攒成球拖走，有的就在其中产卵，等于给众多食粪昆虫送来一顿丰富的大餐。

当然，鹿也有生老病死。当一头鹿死去，它的尸体会给森林中的其他动物带来生的机会。在一座生态完美的森林里，一头鹿尸会引来众多动物光顾。

最先来的是乌鸦，它们只能吃最脆弱的部分，如眼睛、唇舌；然后兀鹫来，它们的劲儿大些，能啄开腹部拖出内脏来吃；接下来是野猪，它先吃鹿的胃，连同胃里未消化的草末；晚上貂会来，它吃鹿的皮下脂肪；白鼬等小动物也会趁夜色赶来，它只吃最好的瘦肉；接着狐狸来，它专挑大腿上饱满的肌肉下口；最后循味而来的是熊，这家伙不挑食，能守着鹿尸吃一个星期，直到吃光整个尸体。剩下的烂皮、碎骨、残渣会统统被土鳖虫（学名中华地鳖）扫荡干净。最后，鹿倒下的地方什么也不会留下，只有一些散乱的毛绺随风四散。

这是健康森林自动消化处理一具动物尸体的最佳规律。

森林养育了鹿，鹿以天然的生活方式回报森林，死后也全部归还给森林。它们的存在就是促进森林更新繁茂。远古人采集可食用植物的知识，是跟在鹿、熊、野猪等动物后面学习得来。鹿能辨识四百种可食植物及菌类，自然教会了人类谋生存的基础课，其中还包括各种草药。鹿科动物给古森林生态和野生食肉动物带来巨大福祉，它们与自然万物共生共荣，成为生态系统的重要一环。数千年来，它们一代代遭残忍猎杀，仍顽强固守祖传的栖息地。

从野生鹿对森林的贡献和对古人类生存的无私帮助上来说，你不得不佩服远古人群的聪慧：鹿确属宇宙中的大神，它生来所拥有的一切，从生到死，都奉献给了森林和人类。而我们，在意识到环境日益恶化影响到我们的生存时，才陆续兴起环境保护价值观的讨论和行动。

清晨，洞口外天光明亮，河谷笼罩一层乳白色薄雾，一切那么静谧安详，流水声已化作环境的一部分。天刚放亮，鹿开始觅食，现在已吃完早饭，快开始反刍了，我应该"全面静默"。鹿太机警，听觉、嗅觉和视觉极其灵敏，一丁点儿异声都会打扰它们的正常作息。

我趴在洞口，望着渐渐淡去的薄雾。突然，雾里有什么东西动了一下。细看，原来是河水在阳光下的反光。不对，一个模糊剪影忽然在晨雾中闪现，顾盼左右，耳朵一摇一摇，又退回雾里。接着，又一个小小的模糊剪影出现，打个站，也退回雾里。

鹿母子！

没想到，这座原始林头一天就送我如此大礼。我强抑心跳，紧盯住鹿消失的地方。

母鹿脖颈颀长，四肢亦细长，常侧目观望，身姿匀称柔美优雅。秀美的大耳不停地转动聆听，似永远处于小心翼翼的提防状态，尤其带仔鹿时。有人说母鹿胆小，其实那是谨慎。为了保护子女免遭伤害，它数月谨慎度日，这是比刹那间赴汤蹈火更伟大的母爱，因为它要为小鹿的安全殚精竭虑数月或一整年。

咦，那是什么声音？透过流水声，一阵吱吱啾啾的幼稚声音传入耳鼓，似鸟儿恋爱中的呢喃，又似小儿喃喃自语。再听，又传来轻风穿过树洞的悄柔哨音：咿呦——呦，呦嗞呦——嗞嗞咿——呦唔。

一阵寒战掠过脊梁，我听到了低声呼叫，那是母鹿召唤幼鹿的焦急叫声。

唔唔吱——唔呶——唔吱啾——呶噜。一个拙嫩的声音在回应，完全是小儿撒娇的口吻，幼鹿在回应母亲。

两个声音，数度往还，伴着淙淙水声传来。我忘记了一切，用整个心灵倾听这野生世界中的母子对话。

⊙ 母鹿脖颈颀长，四肢亦细长，常侧目观望，身姿匀称柔美优雅。

　　下乡时在生产队当猪倌，听过太多猪妈妈与仔猪们的简单对话，那是动物间除气味、肢体、表情之外的声音表达。为排遣寂寞，我不但"翻译"这些生趣盎然的对话，还常学猪叫，与之对语。此刻大脑灵光一闪，当年的老习惯重又附体，似乎听懂了鹿语。

　　起初听到的嫩声嫩气的声音，是幼鹿在雾中找妈妈："妈妈，你在哪儿呀？我不敢走——"

　　鹿妈答："乖宝，妈在这儿。大胆走，这是妈妈常走的小道。"

　　为防备天敌，母鹿跟孩子交谈的声音压得很低，限制在五十平方米的范围内。洞口在这个范围边缘，勉强听见。

　　幼鹿："雾太大，看不清哪。"

　　鹿妈："跟着妈妈屁股上的大白圆斑走，我把白斑上的毛支棱起来，看见没？"

　　母鹿的臀斑喜鹊窝大小，山里人叫镜子。

　　幼鹿："看见啦，又白又亮……来了。"

　　少顷，鹿声依稀传来。

"妈妈，我们走进云彩里面了吗？"

鹿妈："是啊，山上看雾，山下看云。一会儿还要走到云彩上面，妈妈带你去吃水嫩脆生的松树花。"

松树花是绣球蕈土名，球形，褶皱似白木耳，水香浓烈，爽脆可口。

感谢这场晨雾，让我听见了充满亲情的母子对话。虽然未曾见到这母子的真容，却感受到那无微不至的母子之爱，仔鹿出生后就得独立站起，由妈妈舔净全身的气味，这个体重十公斤的小家伙要面对各种天敌疾病，妈妈是它最坚强的保护者。母子相伴时间长达一年多，之后学会了生存本领的它就要独闯天下。这几年，森林因我的虔诚拜访打开了神秘大门，杂乱混沌开始变得条理有序，食草动物与植物菌类苔藓等生物间的共生关系愈加清楚。这些森林收获带来了太多惊喜，尤其这次连想都不敢想的邂逅，更是终生难忘的经历。

晨雾散去，鹿径呈现，鹿母子已走上云端。母鹿要找个隐秘的地方反刍，还要带幼鹿品尝水香四溢的蘑菇。

第六章

瘸母鹿的牛儿子

那天在宝马屯，我跟着瘸母鹿来到老王家。老王头很热情，讲起他跟鹿的故事。那年对养鹿户老王头来说，是个大灾之年。他养的六十头马鹿群得了一种传染病——恶性卡他热，由病毒引起且死亡率极高。疾病来得又凶又猛。老王头的畜栏里只剩下七头马鹿，其中就有瘸母鹿。

心灰意冷的老王头决定：收手不干此行，把七头马鹿放归山林，也许能给它们找条活路。他找了一辆汽车，把马鹿装上车，拉到五十里之外的深山中，硬起心肠把它们赶进森林。

那是一片原始林，当年又是橡实大收之年。老王头心想，现在是草木茂盛的六月，鹿儿们能自己吃青草采树叶到初秋；那时蘑菇出来，橡子青绿，马鹿能吃到老秋。冬天下雪，鹿能扒开雪吃到熟透的橡子和干草，也许能活到来年开春。想到这儿，他咬咬牙，跳上车，头也不回地回家了。

老王头接手哥哥的鱼塘，开始养鱼。不料鱼塘新搬来一对水耗子，专门在早晚两个时段出洞偷鱼吃。水耗子学名叫麝鼠，属外来物种，不但偷鱼还在堤坝上打洞建巢，对鱼塘、水库威胁很大。老王头和哥哥只好在鱼塘边轮班值夜，消灭水耗子。放归马鹿的第三天晚上，老王头回家休息，快到家门口，发现房后有黑影晃动。他以为是小偷，操起一杆铁叉蹑手蹑脚地摸了过去。忽然，一股熟悉得不能再熟悉的马鹿味扑鼻而来。接着，从黑暗中探出一个马鹿头部，亲昵地用热烘烘的口鼻拱他的手。它的喉咙里发出咕噜声，凉凉的厚嘴唇在他手上蹭来蹭去，暖暖的舌尖舔着他的掌心。尽管什么也看不见，他知道这是那头瘸腿的母鹿，只有它跟主人这般亲密。他知道，鹿的短尾巴此刻在欢摇，它湿润明亮的眼睛正扑扇扑扇地眨动，这一切都表现出它与主人久别重逢的喜悦之情。

唉，三天三夜。这头母马鹿知道自己腿瘸，在大山里很难活下去，它选择了返回熟悉的家园，它终于回来了！

过一会儿，它该把下颏放在自己的肩膀上揉蹭，还会用厚嘴唇轻轻含住自己的耳朵，鹿跟亲友互相爱抚才会这样，它把自己当成最亲的亲人了……这三天，他天天惦念这头瘸鹿，心里头空落落的。它行动不便，走路慢，遇上熊、豹、猞猁难逃一死。就是遇上蜜狗（青鼬）的狩猎群，也会挨欺负。蜜狗们虽然小，但面对瘸鹿也会发动进攻，它们心齐，战斗凶猛。时间长了，瘸鹿难以招架。还有，这三天三夜它是怎么一瘸一拐走回来的呀？它先得躲避行人，他们见了鹿会毫不犹豫地下死手。它还得躲避村里的狗，狗天性见鹿就追咬，而且聚群围攻。真不知道它是怎么躲过这一个个劫难的。小时候，这头鹿玩耍时被盛水的铁锅沿割伤了脚筋。养伤时，老王头十分精心地照顾它，它对老王头产生了感情，格外依赖，整天像个孩子似的跟在老王头身后。有一天，一个乡亲跟老王头开玩笑，两人比画着摔跤玩。小鹿竟俯低头，小跑着一头撞去，把那个人撞了个大跟头。慢慢地时间长了，村里的人和狗都认识了这头瘸鹿，它也成了村里的一员，善良的村民们把它当成熟人。见它走远了，接近邻村，担心邻村的狗不认识它，会聚群攻击它，村民会一路把它领回本村，让它平平安安回家……

老王头给我讲这些故事时，瘸鹿像听懂了似的一直在我们身边转圈走动，一会儿凑上来伸舌头舔舔他的手，一会儿又用脸颊蹭蹭他的肩膀。老王头亲昵地挠挠它的头，用大木梳给它挠痒痒。他的眼神中流露出满满的喜爱与娇宠，就像对自己的小孙孙。

忽然，母马鹿抬起头，一双大耳朵摇动一下，直直指向院门，又轻轻摆了摆头，侧脸望向大门。马鹿这类食草动物的眼睛长在头部的两侧，这是漫长进化的杰作，方便它一边吃草一边观察左右两边的情况，同时还大大地扩大了它的视野，能在第一时间发现异常动静或潜近的天敌，及时逃命。所以，当它注目凝望时得侧脸观看。

谁来了，值得它这么专注？

老王头笑，小声道："它儿子来了，来找它玩。你看着啊，一会儿该搭伴走了，这俩人儿好得像亲娘俩。"

我好奇地望向空荡荡的大门，没人来，可鹿已经迈步，一瘸一拐地向大门迎去，当它快走到门口时，院门外才慢吞吞地出现一头半大小牛的身影。

敢情鹿凭借灵敏的听觉早已听见小牛的足音，而老王头对这熟稔的一幕也早已司空见惯。

那是头不满一岁的公牛犊，刚长出犄角芽。

"瘸子几岁口？"我心一动，漾出一股暖意。

"四岁啦，一直找不到家养的公鹿配对，还没当过妈哩。这不，自己个儿找了个儿子。那牛犊是老范家的，生下来前腿残疾，妈又被牛贩子买走了……唉，是个没娘的娃儿。"老王头叹息道。

雌性马鹿两周岁前后性成熟，就能当妈妈了。瘸母鹿长到四岁身边都没有雄性马鹿做伴，更别说找男朋友了。它是个充满母爱的母鹿，第一次看到小牛犊前腿一瘸一瘸地走上村道，立刻走过去，亲切地在小牛犊身上嗅闻起来，接着又像母鹿妈妈对待初生幼鹿那样，伸出温暖的舌头，舔了舔小牛犊湿润的鼻头。小牛犊的妈妈不久前刚被牛贩子牵走，它在四处寻找妈妈。它感受到了那充满浓浓爱意的母性爱抚，立刻产生深深的眷恋，向母鹿身边依偎过去，伸出柔嫩嫩的粉舌头，舔了舔母鹿的下巴颏。瘸鹿内心深藏的母爱一下子被激发出来，立刻像舔新生幼鹿那样，耐心细致地把小牛犊全身舔了个遍，然后领着小牛犊在村道上一起结伴同行。

是啊，我们人类平时太不注重去了解动物内心的情感与心理活动。其实，群居动物是害怕孤独的，有句俗话说：孤狼离群没法活。当极度孤独的动物找不到同类做伴时，有时会转而寻求其他和善的同样孤独的异类动物做伴。它们用彼此相通的姿态相互交流或只是默默相伴，彼此已互通心曲。这时它们往往能产生深厚友情，甚至发展成深深的带有爱意的依恋之情。这种长久的情意远比人类之间的情意更单纯更专一，也更不计代价。

从此，两只患有残疾的不同种的动物几乎形影不离，村里人也都形象地说，瘸母鹿捡了个瘸儿子。他们还领来

瘸鹿已走到院门口与小牛会合，它低头用脸颊蹭了蹭小牛的脸。小牛抬头望它，眼睛流露出高兴的神色，兴冲冲地哞叫一声。

家里养的狗，让狗熟悉它们的气味，不让狗欺负这对不同类的"母子"。从此，外村人来宝马屯，就会看到一幅奇特又感人的景象，瘸腿的马鹿妈妈领着瘸腿的小牛儿子在村里游玩。

此刻，瘸鹿已走到院门口与小牛会合，它低头用脸颊蹭了蹭小牛的脸。小牛抬头望它，眼睛流露出高兴的神色，兴冲冲地哞叫一声。母鹿欢快地摆了摆头，领着小牛一步步沿村道向村口的小河走去。

进村时我曾路过那条小河，流水潺潺，河水清澈得可以捧起来喝。河底铺着各种颜色的河卵石和土黄色细沙，时不时有成群的黑色鱼影掠过。河上架着一座朴素的小石桥，令人流连忘返。

我是个爱山乐水之人，进村前我在河边徜徉许久，回忆起少年时玩耍的乐园——山中的小河。它也是这么清澈，也有游鱼穿梭。如今，那些小河都干涸消失了，只有在长白山深处的小山村，才能找到这样美丽清澈的小河。马鹿的生活离不开水，牛也喜欢在水边生活，这两个不同种类的动物母子算是找到共同的喜好了。

　　真羡慕这娘俩单纯质朴的亲情，真羡慕它们的生活里有这条清清的小河。

第七章

二战鹿王

马鹿冬夜卧高冈，可远眺四周，群中有哨兵。它们在天蒙蒙亮起床，去觅食场进食。

晌午，打蹓围的鲁炮三人帮遇上了马鹿新踪，其中有熟悉的大公鹿二碗口大的蹄印。望着鹿足迹，一雪前耻的念头油然而生。

两年了，鲁炮一直想跟这头狡猾的鹿王再见面。

冬日里，马鹿在阳坡活动，午后八成去盐窝子舔盐。春季打鹿茸时，鲁炮在马鹿常走的河床开阔处布置了一个盐窝子。

找一个又大又结实的老橡树墩，再烧十几桶沸水兑上盐，反复浇灌，直到盐水将其浸透。风干后，树墩表面会渗出一层结晶盐微粒，以此招引有舔盐习惯的鹿进入伏击圈。打盐场比码踪更把握，鲁炮决定去盐窝子伏击鹿王。

果然，那个一尺高的大树墩已经被它们刨烂了，可以看出嗜盐的鹿捡拾刨下来的木屑吮吸咀嚼的种种痕迹。

埋伏四个小时，林子里有了动静，窸窸窣窣，是大动物行走刮擦小干枝的声响。接着，一股臊哄哄的马鹿体味随微风飘来。他熟悉这种气味，打鹿茸时，曾被更强烈的热气味包裹过。

每年三月末，鹿旧角脱落，新茸露头。五月下旬，茸角长至四叉，是一种略软的肉茎，如冻原多肉植物的花蕾般舒张，血液充盈，表面覆暗褐色细茸。在阳光下透出殷红血色，泛淡淡金棕光泽。

去年春末，鲁炮在盐窝子旁打倒一头四叉茸公鹿，鹿倒地后挣扎扭动，翻身欲起。老猎人都知道，鹿性刚烈，受伤后常以头撞树或纵身跳崖。倒地临死前常大力蹭地，它要蹭烂鹿角，宁死不让猎人获取头上的珍宝。

他飞奔过去，一手紧紧抱住鹿头，一手从后腰拔刀。刹那间，鹿扭头与他正面相对。

大大的鹿眼睛水汪汪，睫帘长密，眼神安详平静。性命攸关时刻，它未曾流露出丝毫恐惧和绝望。乌黑发亮的瞳仁中，映出一个举刀欲刺的狰狞人影……

一只高大鹿影出现在林缘，脚步游移不定，一副小心翼翼的模样。同时，林中传来母鹿的叫声，探问是否安全。母鹿有孕在身，行动小心，每到一处新觅食点均由公鹿探路。

枪口无声抬起，鲁炮认出，眼前的鹿影是曾经交过手的鹿王。

一声枪响，大鹿应声倒地。

猎手们跑了过去。弹着点在粗壮的脖颈儿上，鲜血扑簌簌滴落。此鹿身形雄伟，肌肉强健，重有五百斤。右胁有一道子弹擦过的白色疤痕，是两年前姜炮那一枪留下的。

鲁炮倚着滚圆温暖的鹿肚子当靠背舒舒服服坐在地下，指着鹿身上的各个部位，随口报出当年相应的价钱：

鹿鞭值三百五十元，头角标本值五百元，二百多斤肉卖一百二十元，鹿筋卖一百元……这时候他最快乐。

歇了一会儿，两个徒弟要进林子追踪母鹿，鲁炮负责拢火热饭。一小时后，没追上母鹿的徒弟回到火堆旁，突然失声大叫："师父，鹿呢，鹿哪去了？！"

正在生火的鲁炮闻声回头，不由得脸色大变，死鹿不见了！雪地上被沉重鹿尸压出的大片凹痕还在，难道它重又复活了？

鹿确实活了过来。雪地上，有它翻身而起的痕迹和一行歪歪斜斜入林的足迹，其中夹杂着星星点点的血迹。

追！鲁炮一把抄起猎枪，受了那么重的伤，它走不远。

一路上，鲁炮回想自己击中鹿的那一枪。行猎生涯确实发生过这类怪事：子弹击中脖颈，却丝毫未碰到喉管、动脉等要害。巨大冲击力打击神经丛，造成鹿短时间昏厥……越想他越恨这头诡计多端、生命力顽强的鹿王。它又像两年前那样，负伤逃入丛林。这回倒要看看，它要什么花招躲过此劫？

前方两华里有条河，叫五道白河，鹿迹笔直指向河流。他们跟到河畔，蹄迹在岸边消失。河水又深又急，鲁炮很沮丧，涉水过河是鹿的长项，人却做不到。

三人望向二十米宽的河对岸，雪地一片洁白，无鹿登岸的足印，想必它沿河水往下游洄了一段再横渡上岸，他们只好沿河下行碰碰运气。

猎人们漫无目的地走着，走着走着，忽听背后轰隆一声水响。

急回头，河水爆炸般腾起大浪，碎银四溅。水花中，公鹿似蛟龙跃出水面，精神抖擞地跳上对岸，踏雪飞奔，转眼不见踪影。原来，鹿渡河后，在浅水中往下游走了百余步，借大块卧牛石遮挡趴下，让冰冷河水寒凝流血伤口，待止血并恢复体力后马上跳起奔逃。来不及反应的鲁炮目送鹿影远去，不由得连声恶骂。然而，他不明白，他输给了动物顽强的求生本能。

⊙ 河水爆炸般腾起大浪，碎银四溅。水花中，公鹿似蛟龙跃出水面，精神抖擞地跳上对岸，踏雪飞奔，转眼不见踪影。

第八章
为鹿母子解困

　　二〇〇六年秋，我来长白山，曾去宝马屯旁边的头道白河水库看中华秋沙鸭。中华秋沙鸭的国际通用名叫鳞胁秋沙鸭，极为珍稀，在全球只有一千一百对，它们大部分在俄罗斯远东生活，只有四分之一在长白山繁殖后代。这个水库是居住在长白山的中华秋沙鸭种群踏上南迁旅途之前，补充食物的最后一站。来到水库边的高冈上，我望见下方水边的石头上，栖息着五只中华秋沙鸭。此鸭后脑上有一撮半尺长的长羽，雄鸭色深绿，雌鸭色橙褐，特征鲜明。此外，它们尖嘴长脖，羽衣绚丽，游泳和飞翔灵活快速，雄鸭羽翼及背部披湛蓝透绿的羽毛，颈下及腹部雪白，胁部有鱼鳞状斑纹，故名鳞胁。它们和鸳鸯一样，在树洞中絮窝产卵育雏，又称"会上树的野鸭"。

　　眼下，它们蹲踞在水中布满绿苔的石头上，在粉红色的晚霞中，它们像五颗闪亮的宝石，三颗碧绿润洁的是雄鸭，两颗橙中透棕的是雌鸭。看得出，经一天的捕鱼捉虾，它们个个嗉囊鼓胀，吃得饱饱的。整个形体也显得膘肥体壮，它们已准备好进行漫长的南迁旅程。这是我第一次看见它们的姿容，心情十分激动，举着望远镜久久观望。这时，一只小白狗进入视野，它蹦蹦跳跳地跑向水边，望着不远处栖息的秋沙鸭，欢叫着来来回回奔跑，似在邀请这几只美丽的水鸟和它一块玩耍。有一只雄鸭下了水，游向岸边，却不上岸，呷呷呷轻叫着在岸边水中来回游动。小白狗立刻明白了雄鸭的玩法，也随着它游动的方向和速度来来回回快走，边走边顾盼水中的雄鸭，不时兴致勃勃地欢叫几声。

于是，两个不同物种，一个在水中，一个在陆地，出于同一目的，只为欢快嬉戏，一个游一个走，一个呷叫一个汪鸣，步调一致，叫鸣呼应，玩得兴高采烈。

唉，我要是能变成一只小狗多好，能立马冲下山坡汪汪大叫着加入它们快乐地玩耍。

由于是第一次看见中华秋沙鸭的身影，那次的印象实在太深刻了。后来，由于与瘸腿母鹿结缘，常去宝马屯看望它。每年秋季路过水库，我都特地拐个弯，顺便去当年那座山冈上观望中华秋沙鸭的休憩地。二〇〇八年秋，再次走上那座山冈，猛然发现水库边建起一排简易房。简易房的院子里一片雪白，前方的水面上也一片雪白。定睛细看，天哪，竟然是一大群大白鹅，足有一千多只。它们霸占了昔日中华秋沙鸭南飞前的觅食地，一个个嘎嘎大叫着、吵嚷着伸颈亮翅，主人般踱来踱去。水里的鹅们伸脖在水底淤泥里索食，搅得清澈的水面一片昏黄、脏污不堪。头道白河是松花江源头啊，在这里养鹅不但污染了江水之源，抢占了中华秋沙鸭的觅食场，鹅群的粪便还携带各种病菌，传播疾病。

必须立刻向有关部门反映，制止这种侵占珍稀保护动物觅食地的行为。首先得拍下证据，我举起相机，咔嚓咔嚓拍了几张，又嫌不够清晰，便想跳下土坎，再向前靠近一些。土坎下是一片灌木丛，我一跳跳入灌木丛中。没想到，一根干树枝贴着左脸直直从眼镜下方插入，戳进左眼。一阵钻心的疼痛，左眼立刻睁不开了。坚持拍几张照片后，我马上回到土路上。不能去宝马屯看望母马鹿了，必须赶快回镇里，去医院看眼睛。为了尽快赶到医院，我决定翻山抄近路赶回。

刚爬上山冈，忽听下面山沟里传来一阵阵激烈的狗吠。那是狗儿们发出的战斗之声，听上去群狗已包围一头大动物，正在发起攻击。那头被众狗围攻的大动物很顽强，不停反击。能听出来在狗群的战吼中，不时响起一两只狗的哀鸣，明显是在进攻中被对方的反击击中痛处，发出痛苦的哀叫。而且，细听之下，能听出有的狗叫是虚张声势，有的狗叫显得犹豫不决，但仍然包围着对手，因为狗叫声并未移动，而是固定在一个地方。

我好奇心大起，会是什么动物招致众狗的围攻？而且不屈不挠地一直在进行颇有杀伤力的反击，打得群狗一直没能占到什么便宜。我知道，这沟里住着三户人家，为了防备野猪、黑熊的侵扰，家家都养了两三条猛犬。这一回，听这激烈吠叫的阵势，它们是集体出动，联合作战。这次它们肯定遇上了强大凶悍的对手，会是什么动物呢？

熊？不会，熊太稀少了。大野猪？不可能，野猪在作战反击得手后，会趁机转移到更有利于防御的地形或者突围逃跑，绝不会原地不动。野生马鹿？也不可能。野生马鹿都躲在深山老林生活，绝不会走到靠近民居的低山带。猞猁？更不对。猞猁生活在高山针叶林带，不会下山。再说，见到猛犬扑来，它早上树了。

到底是什么动物呢？它的体形很大，战斗力亦强大，反击凶狠且有效，打得众狗只围不攻。

我忘记了受伤的眼睛，加速奔跑，冲过密林，进入开阔地，抬头一看，不由得一怔。

在怒犬团团包围之中的，竟然是瘸腿母鹿和跛脚小牛！它俩被八九头恶狗牢牢困在垓心，动弹不得。但是，这母子俩摆出了一个极有效的防御阵型来抵抗众狗的围攻。

小公牛头冲南尾朝北，大母鹿头朝北尾向南，两个一颠一倒，各自面对强敌。同时它们各自使用健全的肢体，对攻上来的猛犬实施打击。小公牛右前肢残疾，它便用健全的双后肢轮流向后踢踹，扫荡后方来犯之敌。大母鹿左后腿有伤，它采取以双前肢踢打的方法迎头痛击正面对手。牛后腿力道劲猛，出腿迅疾，似铁杵捣出，狗一旦被踢中，立刻仰面倒飞出去，惨叫不已。鹿前腿矫健有力，高举高打，似大锤下击，踹得狗皮绽骨断，哀叫连连。更要命的是，这对母子个头都高出众狗一截，居高临下，提早看清狗群进攻动向，出招准确无误，击中的往往是攻击性最强的凶狗。还有一点，它俩像按照无声的口令似的，身体协调一致地不停缓慢旋转，把四面八方防得风雨不透，众狗再怎么凶猛善战，也攻不破它们的坚强防线。

这三户住在沟里的人家我是知道的，家家早年都是猎户，而且都有调教围狗的本事。枪支上交后，他们依然偷偷下套套狍子，抓野猪；纵狗撵野鸡，追山兔。每家养的狗都是奔跑迅速、战斗力超群、深谙追捕之道的猎犬。简单说吧，一只狗能咬倒一头狍子，三四只狗能咬死一头野猪。它们如果碰上这对母子中任何一只单独出行的动物，要想取胜简直太容易了，找到弱点围上去撕咬就行。可是万万没想到，瘸鹿和跛牛这对搭档异常团结，聪明地以各自的优势弥补同伴的弱点，创造出一套独特的堪称完美的防御战术，竟然稳住阵脚，打得众围狗一筹莫展，毫无胜算。

由于久居山沟，这些狗不认识这村里的动物，认为这是来犯之敌，而且母鹿与野生鹿无大区别，在它们眼里属狩猎对象，它们绝不会放过它。所以，尽管面对打法怪异的对手无法取胜，群狗还是死缠烂打，顽强地坚守包围圈，同时不断大声狂吠，意在通知主人速速赶来解决战斗。那对苦苦死守的母子俩由于腿脚不便，突围困难，只好铆足精神，时刻提防对手从任何方向发起进攻，把每一个逼近试探的进攻者打退。这样一来，双方形成对峙局面。

面对此情此景，我的内心受到极大的震动：深究它们误入山沟的因果缘由，估计是小公牛好奇心强，独自出走后迷途，见山沟里有人家，便过去探看，不巧遇上四处撒野的猎狗。母鹿在村中遍寻牛影不见，嗅觉灵敏的它一路嗅闻，追踪牛的气味来到这里，与小公牛会合。不巧也被四处撒野的猎狗发现。一声呼叫，众狗聚集，展开围攻。这对比亲生母子还亲的干娘和干儿子被迫迎战，形成这种极其罕见又甚为激烈的战斗场面。

必须助它们脱困！时间久了牛和鹿受伤怎么办？还有，狗主人若闻讯赶来，他们不认识瘸鹿，误认为是野鹿，肯定会痛下杀手。

想到这儿，我大喝一声，举起手中拍照用的独脚架突入狗阵，左挥右舞着冲到母鹿和小牛身边。见有人保护这对母子，众狗立即散开，犯了错似的一个个低着头垂头丧气地回家转。猎狗们个个冰雪聪明，有人保护的动物肯定是家养动物，自个儿肯定是弄错了攻击对象。猎狗一生极少犯错，亦常被主人嘉奖。一旦犯错，自尊心将受大挫伤，愧疚交加的情绪溢于言表。

母鹿恰恰相反，它一眼就认出我，立刻贴靠过来，使劲用脖颈蹭我的肩膀，那脖颈湿漉漉的，皮毛已被汗水打湿。小公牛也高兴得哞哞低叫，伸舌头舔我的手背，十分亲热，还用鼻头拱我的背包。这倒提醒了我，我伸手从背包里掏出两块常备的巧克力，撕去糖纸，送到它俩的嘴边。它俩舔舐着，吮吸着，大大的眼睛里闪动着快乐的光亮。我依次搂抱一下它俩的头颈，转过身，领着这两个朋友踏上归途。

这时我被戳伤的左眼已肿胀起来，肿起的眼皮紧贴着眼镜镜片，又痛又涨。我暗笑，十足三个伤兵，一个眇一目，两个跛腿脚，正从战场上下来，回归和平生活。

对了，那天在医院看完眼睛回家，接到有关部门的电话，我反映的在头道白河水库养大鹅挤占中华秋沙鸭觅食地问题正在解决中，很快就会有结果。听罢电话，心情释然。一周后，眼睛消肿，可以上山了。我立刻打车去头道白河水库，见那排简易房已拆除，千余白鹅已被运走，不由得长长吐一口气。

　　但愿瘸母鹿和小牛的生活越安宁越好，但愿我关注的山川湖泊越安宁越好。

第九章
三战鹿王

在山洞居住三日，自仙境返回尘世。

后两日我未曾跟踪鹿母子俩，而是沿河谷两岸开始了一次彻底的清套行动。

昔日，猎人曾在这一带设置了许多钢丝套，有些很陈旧，有些还很新，它们对鹿母子是最大的威胁。两天下来，共清除七个旧套。我心里很高兴，清掉一个套，便消除了一个隐患，挽救了一头鹿的生命。

归途的第一站，我特意在青松林场打尖。那头奇迹般逃生的鹿王，后来曾在这里与鲁炮又一次过招。

那是早春三月融雪季，是野生动物最难熬的饥荒月。严寒和饥荒极其无情，许多体质弱的动物因冻饿交加死去。

清晨，一头老孤鹿走出森林，到林场边的豆秸垛捡豆粒，被林场人养的狗嗅到气味。

林场人有狩猎传统，家家都养围狗。

由于地处边疆，二十世纪六七十年代，林场曾组织民兵连，民兵个个荷枪实弹，还定期进行打靶训练。如此一来，闲暇时林子里枪声四起，民兵们开始进山打猎，有时闯进保护区追踪猎物。那年月，有的生产队还专门组织围狗队进山打猎，改善单调的伙食。统一收枪后，林场人还保留着养狗捕猎的传统，训练的围狗都十分出色。所以，闻到鹿的气味，一声呼哨，头狗率众狗迅速包抄上来。

白天融化的表层雪在夜里冻成冰壳，鹿走一步陷一步，四肢下部被冰碴儿割伤，行动不便，狗却能在冰壳上飞跑并很快形成包围圈。围狗有个特性：主人不在场时，它们会尽职尽责地把猎物驱赶至主人家院落。于是，在头狗的指挥下，众狗竭尽全力把鹿合围并一步步驱至林场大院，然后缩小包围圈，硬生生把鹿赶进一间敞着门的拖拉机库。

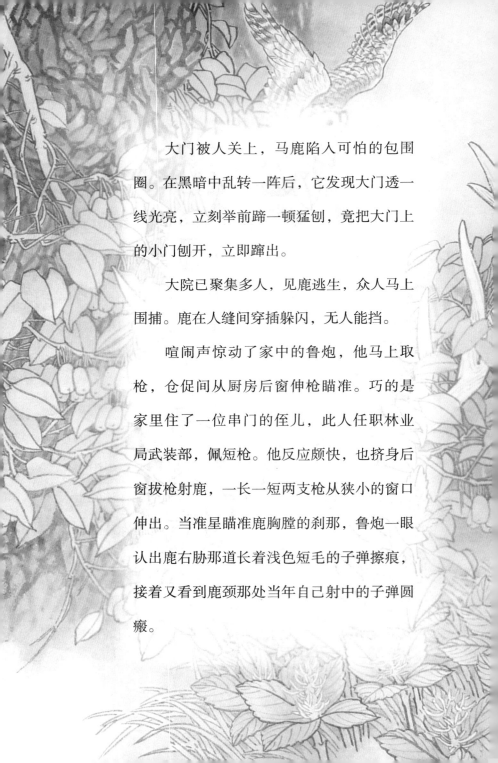

大门被人关上，马鹿陷入可怕的包围圈。在黑暗中乱转一阵后，它发现大门透一线光亮，立刻举前蹄一顿猛刨，竟把大门上的小门刨开，立即蹿出。

大院已聚集多人，见鹿逃生，众人马上围捕。鹿在人缝间穿插躲闪，无人能挡。

喧闹声惊动了家中的鲁炮，他马上取枪，仓促间从厨房后窗伸枪瞄准。巧的是家里住了一位串门的侄儿，此人任职林业局武装部，佩短枪。他反应颇快，也挤身后窗拔枪射鹿，一长一短两支枪从狭小的窗口伸出。当准星瞄准鹿胸膛的刹那，鲁炮一眼认出鹿右胁那道长着浅色短毛的子弹擦痕，接着又看到鹿颈那处当年自己射中的子弹圆瘢。

是它，老鹿王！

送上门来了。他暗叫一声好，格外精心瞄准，这回看你往哪跑！

枪声在耳畔骤然炸响，手上一震，声儿不对，像放小鞭炮。鲁炮一脸困惑扫一眼手中枪，枪筒莫名其妙地弯曲变形。他扭头看身边的侄儿，短枪枪口冒出一缕细细枪烟。原来这愣葱抢先击发，没打中鹿，打在了自己的枪管上。

鹿吃一惊，闷头冲向大门，鹿角丫丫叉叉，黄光闪闪。堵大门的人见它来得猛，纷纷四散走避。鹿乘机冲出，奔向森林。不甘心的人们转身找各自归家的围狗，急火火地唤狗追鹿。

令人大为意外的是，狗儿们像没听见命令一样，都不拿正眼看人。一个个斜眼睨着主人，迈着悠闲的步子，走向各自窝前的食盆，连平时最听话的狗也这样。它们那轻蔑眼神分明在说：这帮没用的笨蛋。起大早空肚子把鹿都围进家门了，还没抓住，这得多笨哪！

　　围狗已被训出特性：起早围追猎物时不吃早饭，怕在激烈的追逐中被食物坠断肠子，所以完成一次成功的猎事后，它们第一件事便是吃饭。

第十章
舐犊情深

古人与野生鹿打交道比今人多太多，那时野生动物数量庞大，先辈们要依靠猎杀它们生存。古文中留下许多描写鹿的篇章，其中《战国策·楚三》中有一段脍炙人口的文字：今山泽之兽，无黠（聪明）于麋。麋知猎者张网，前而驱己也，因还走而冒人，至数。猎者知其诈，伪举网而进之，麋因得矣。意思是山水间的动物都不如鹿聪明。鹿知道猎人张开大网，前来驱赶自己入网，于是掉转身体径直冲向猎人。猎人怕被鹿角顶到只好逃避。如此多次与人周旋。猎人明白了它的机智反应，于是将网伪装，举着网诱骗鹿。鹿不知人改变战法，仍像以前那样朝猎人冲过来，结果被猎人擒获。

文章写鹿无论何等机智，终究还是落入人手。是啊，人发明了弓箭、套索、毒药、陷阱，尤其发明枪支之后，野生动物遭到灭顶之灾。在寻找鹿王故事的过程中，我一直为它最后的结局担忧。但是，目睹了瘸母鹿带领跛脚小牛战胜围狗群的战斗，令我对鹿的聪明头脑刮目相看，多么机智实用的战法啊，充分发挥己方的长处，把训练有素的凶猛围狗打得毫无办法，还造成几条围狗轻伤。若再打下去，将会造成狗的伤亡。由此看来，鹿的机智和勇敢是它们在人类的酷猎中生存下来的保证。而且鹿在猎人的猎捕中逃脱一次之后，将极力避免与人类再次遭遇。单单为见到野鹿，猎人就需要绞尽脑汁并要靠运气。

那几年，我一边搜寻鹿王的传奇故事，一边经常去看望瘸鹿，了解马鹿的生活。在我跟瘸母鹿相识的第三年，也是它与小牛结下深厚友谊的第二年，小牛长大了，膘肥体壮，一派雄壮小公牛模样。它每天去母鹿干妈家找它一块散步，去村边吃青草，去小河边喝水。

然而，小公牛的主人却忍受不了白养一头牛的草料成本，他想试着让小公牛上套拉车，让牛干点活儿。他想得很简单，把牛套上，腿虽然瘸，拉上车，拿鞭子抽，不得走道吗？有一天，主人把牛轭卡在小公牛脖梗儿上，将它套进车辕，一边吆喝，一边用鞭子抽打小公牛，硬逼着它朝前走。小公牛拉着车，一瘸一拐地勉强上路，走得却特别慢，它那条先天残疾的腿根本使不上劲啊。牛主人想逼牛走得快点，拉空车都走得这么慢，哪能拉东西呢？于是他大声吆喝着，把鞭子甩得叭叭响，皮鞭像雨点般抽在小牛身上。可无论他怎么用力抽打，无论小公牛怎么用力迈步，那条残肢也使不上劲，仍一瘸一拐慢吞吞地往前走。天生残疾，行走迟缓，这是客观现实，这么残忍的抽打改变不了现状，只能使它更加痛苦。围观的人看不下去，纷纷劝主人住手，说这头牛干不了活儿，给它卸套吧。还有人说，这牛再养肥点，杀了吃肉吧。

是啊，家畜的命运一个是被养肥了杀掉吃肉，一个是为主人干一辈子活儿，最后老了还是被杀掉吃肉，还有就是养大了卖钱。总之，它们永远处在被人类利用的境况下，没有人会想到它们的感受。至少，我们应对它们好一点，不要再虐待它们吧。

　　瘸母鹿这时赶到了现场，它是来找小公牛出去玩的。看到牛被套在车辕里动弹不得，又不停地遭受鞭打，它嘶哑着嗓子吼叫一声，闷着头穿过人群，站到小公牛身旁，伸嘴用力撕扯架在它颈上的车轭。牛主人见状上来奋力抢夺，可他哪抢得过鹿啊。母鹿已把牛轭当成欺负干儿子的刑具，是它造成了小牛的痛苦，一定要把它解救出来！人当然没有鹿那种单纯的决心和急迫感，一下子被鹿给甩了出去。

　　牛轭被扯了下来，小公牛被解了套。它又累又疼，扑通一下跪在了地上。母鹿马上过去，像母亲对待幼鹿那样，用舌头舔了舔它的鼻头，然后把嘴伸到它的腹下，使劲拱啊拱，想帮小公牛站起来。牛主人又气又急，冲上来要拽牛缰绳。母鹿马上站在小牛身边，用自己的身体挡住牛主人，不让他再欺负小牛。牛主人气得边骂边举起了鞭子，想抽打母鹿。母鹿昂起了头，迎向牛主人，猛地举起一只前蹄，在空中又疾又快地大力踢了两脚。虽然没踢着人，但人们能感觉出那前蹄的迅猛力道。如果踢中胸部，能轻松踢断三四根肋骨。牛主人不由得心生惧意，转身悻悻而去。

在围观众人动情的目光中，瘸腿母鹿领着跛脚小牛肩并肩向村口的小河慢慢走去。

鹿母乳营养丰富，吃奶的幼鹿成长飞快，出生刚两个月即能长到八十斤以上。真想再看看深山中那对鹿母子啊。巧的是，六月下旬正是香菇、树鸡蘑（硫黄菌）、猪嘴蘑（胶陀螺）发生季，向导也想进山走走。

刚进山，各种花香扑面而来。山梅花香飘出热烈的野茉莉香气，翼果唐松草的花香清淡中透出中药味，山菊花绵长的气味夹带着青蒿气息，长白玫瑰有浓浓的经典花香，铃兰花的贴地暗香守持低调。高山带林缘处，在暴马丁香的淡青绿花穗顶端，白色碎花少许绽放，已散发漫山遍野的浓香，这是花香最盛的季节，原始森林到处浮动着各种花香。山谷中，一只中杜鹃在鸣叫，声音洪亮，底气充沛，仿佛群山都是它歌唱的舞台。进入海拔一千八百米的高山带，也到了马鹿领地的最高上限，在这个季节，它们喜欢在蚊蝇稀少的高山生活。

一路走到地下森林河谷，我开始沿河边行走。没想到，先看到的是熊留下的觅食迹，陈旧的是去年秋天被熊吃光果实的花楸树枯枝，新鲜的是崖畔土台上的熊脚掌印迹。向导领着我码着一头母熊新鲜的足迹行走，它还带着一头四个月大的小熊，足迹是今天凌晨留下的。它时而扒翻枯朽倒木寻天牛幼虫，时而挖掘鼠洞捉高山鼠兔。小熊本该跟妈妈学习辨识各种食物常识，可它也许吃奶吃得饱，只顾玩耍，母熊足迹链四周到处有它撒欢的足迹，地上还遗留一个圆木头疙瘩，被它玩弄得十分光滑，可以想象出它高兴玩耍的劲头。后来，母熊足迹转向河边，小熊足迹消失了，它爬上了妈妈的后背，被妈妈驮着过了河。

下雨了，滴滴答答的均匀雨声响彻针叶林。我和向导坐在枝干浓密的大云杉下歇息，在清凉芬芳的松脂香气中倾听雨声。林中多冷杉，挺拔葱绿，树干灰白苍朴，一望无际。鹿喜欢在冷杉林中徜徉，这里是它们的乐园。向导抽着烟，忽然说一句："雨天悄悄走近马鹿很容易，脚步声被雨声盖住。当年在这附近，我走到离马鹿十几步的地方开枪，打倒一头大公鹿。这林子可能还有鹿，多走会儿。"

他回忆道："小时候，听太爷爷讲，那时候这片山上马鹿成群，站在这山望那山，山坡上一片耀眼的白色光斑，是马鹿屁股上的'镜子'闪闪发亮。每到三月，鹿角开始脱落，走到鹿吃草芽的山坡下，就可以看见山坡铺满一片黄澄澄的鹿角。"

在冷杉林冒雨行走颇舒适，一条隐约可见的小路曲曲折折，不时看到马鹿的活动痕迹。一堆堆新鲜或不新鲜的鹿粪，路边被鹿啃啮的青楷械枝条，鹿用来蹭掉茸角外皮的受损伤粗树枝，还有许多清晰或模糊的鹿蹄迹。看林缘

的植物群落，马鹿正进入丰衣足食的快乐时光，它们喜食的植物——兴安一枝黄花、山楂叶、歪头菜及山杨、桦、柳的青嫩枝条等正蓬勃生长，胡枝子、三叶草、野大豆、紫花苜蓿及禾本科嫩草也一片青葱，大宗食物蒙古柞、椴、槭及野火球、野豌豆等豆科植物的鲜嫩叶子正值生长旺季。鹿有辨别植物的本能，它们是深山中的植物之王。跟踪野生鹿群时，你会发现它们对某些有毒植物不采食或食痕极少，而在身体伤病的情况下，它们会有针对性地采食一些药用植物。一旦腹泻，它们还会吃槲树的皮和枝叶，松、杉的枝叶或松脂。这些植物中有丰富的单宁酸，有良好的收敛止泻功效。另外，鹿衔、鹿药等植物都是鹿用来自我医治的良药。从蹄迹看，鹿在食物丰富的季节，一般游走式采食，不固定一个地段或单吃一种植物群落，

它们边走边食，不吃回头草。

上个月回长春，读大学的女儿陪我看《海豚湾》，女儿流泪了。女儿啊，你是这世上爸爸最亲的人，我得做点什么，让你少流泪或不流泪。这一次次艰辛的寻鹿之旅，就是老爸的一次次努力。衣服湿透了，寒意袭来，咬牙坚持，向导说，今天要走五十华里，现在才走一半。

雨停了，前面是一块林中空地。阳光直射下来，倒木上一坨橙色树鸡蘑（硫磺菌）布满细小雨珠，闪动着珍珠般的虹彩。我跪下一条腿，俯拍这朵璀璨的蘑菇。忽然，脖颈传来一阵刺痛，接着是足踝、手背、脸颊，伸手摸去，抓到一只晶莹的棕红色森林蚁。低头看，原来膝头跪上一冢蚁穴，身上爬满了愤怒的蚂蚁。拂扫中，突然有种奇怪的感觉，林中似有一双眼睛正盯着自己。抬头看去，繁密枝叶暗影下，有一只灰雾般的苗条鹿影，没有茸角，是母鹿。

看一眼向导，他已蹲在倒木后面，目视前方，同时向我伸出两根手指。

两只鹿？！

他有一双猎人的锐眼。我那正在拂扫的手立刻僵住，螫吧，随便螫。此时我太渴望见到公鹿了，拂扫声会惊走鹿。这季节鹿角刚长成形，极敏感，飞虫落上都有感觉，鹿常摇动打扫。这段时日，在阳光、雨露、嫩草、野果的润泽哺育下，鹿茸生长飞快，每天长半寸，一天天显示光彩。嫩角像天鹅绒包裹的软骨，覆满嫩黄细茸，洁净鲜明，在阳光中闪动纤柔金光，黄灿灿如静止火焰。现在是鹿茸最光彩的黄金季，太想看到这百年不遇的仙物了。

鹿茸角从萌芽到脱落为一百一十天，公鹿以鹿角大小分高低、排座次，大者为王。鹿角是太阳铸造的，日光长短强弱的韵律决定其大小。鹿王的角大而宽，接受阳光的面积亦大，太阳成就了鹿王，它头上是阳光之角啊！我私下把一年中鹿茸角的变化分为茸桃、茸花、宝茸、金角、血色角、角斗角、冬角、落地角八个阶段。再过三周，金角渐渐骨质化，就要被它蹭去薄皮，变成布满血丝的血色角，公鹿开始准备一年一度的角斗大战了……啊，另一只小鹿出现了。

母子俩卧在林地上，正在休息。树荫暗密，逆光，可还是能分辨轮廓，一对灰色的朦胧影子。为了更好隐藏，幼马鹿此时身上有梅花鹿样的斑点和条纹，四肢纤细颀长，极可爱。

哟，是上个月聆听对话的那对鹿母子吗？此地距山洞不远，应该是。我睁大眼睛，想努力看清细节，却办不到，它们毛色与姿态和周围环境融合得太完美了。小鹿出生的头一个月最关键，青鼬、狐、獾、鹰都是它的天敌，所以母子俩格外小心。

扑棱！小鹿暗影一动，它站起身来。这是两月以上的小鹿，不知人类为何物，像孩子一样，只有好奇。它呆呆地望向我们，想弄清打扰它的是何物。

我在倒木后面隐蔽得很好。它望了好一会儿，忽而侧左颊望向我们，忽而转右半边脸望来。同时，它的大耳朵左右转动，努力想听到异声。母鹿移一步靠近小鹿，小鹿偎依在妈妈身上，母子俩瞬间组成一幅美丽的林中剪影。

⊙ 这是两月以上的小鹿，不知人类为何物，像孩子一样，只有好奇。它呆呆地望向我们，想弄清打扰它的是何物。

少顷，母鹿用脸颊蹭蹭小鹿的头，转身款款入林，母鹿会把孩子带往食物最丰富的地方，就像人类把最好的衣食都给子女一样。小鹿静静地跟在母亲身后。目送母子俩身影消失在丛林深处，我感到深深的满足，虽然只是鹿影，但这是马鹿群的希望。如果成功躲避盗猎者，小鹿会顺利长大。

我想，它应当是位王子吧，鹿族中未来的王者。小鹿的一生将会很艰难，祝愿它一生平安。

与鹿科动物五千万年的进化史相比，类人猿到人的进化史只有五百万年，而人类在其后五千年成为穷奢极欲的地球霸主，不但造成了万千动植物物种的灭绝，到二〇五〇年，还将造成两千三百万种动植物物种从地球上消失。然后，地球将步入第六次物种大灭绝。再没有然后了，人类也可能在这次大灭绝中消亡。

向导起身，打断了我的思索。他走到刚才鹿母子的休息地，找到那个干爽的浅窝——鹿母子午休的卧榻。我躺进里面，感受母鹿温暖暖体温。冷杉林湿淋淋的，这个窝让湿透的我感到舒适暖和，一阵倦意袭来，真想在鹿窝里睡一觉。除了人类这个最狠毒的天敌之外，还有一种叫鹿蜱的吸血虫对鹿伤害很大，这个暖窝里可能就有，但是我真想赖在里面不起来呀。这时，手上脸上脖子上传来一阵阵钻心的刺痛麻痒，伸手摸，脸上生出一层小疙瘩。这种森林蚁学名木蚁，会喷射甲酸抵御敌害。

第十一章
鹿王归宿

细雨又来，林子里光线昏暗。遍体白斑的星鸦飞来看我们，落在树梢嘎嘎鸣叫。高山鼠兔圆滚滚的身影偶尔闪现，跑一段路便停下呆呆望人。天色向晚，向导遗憾地说："该回家了，不能带你去老鹿王最后跳砬子的地方……"

鹿王最后的归宿！

我震惊了，是那头传奇鹿王吗？它为什么跳崖？

当初，向导哥哥的死因有失足坠崖和被鹿顶下崖两种说法。向导凭着对哥哥的了解，认为行事细心的他，失足的可能性只占三分之一。哥哥殒命的陡崖位于鹿王领地，鹿王拥有母鹿群后会把它们带到高山带，它把人顶下山崖的可能性大，因此他一直关注这头鹿王的命运，直到它死去那天。

那一年，鹿王很老很老了，高山上生活艰难，便经常在低山带游荡。那年冬天雪大，马鹿得扒开深雪才能吃到落叶、苔草等食物。它没力气刨扒深雪，只好跟在野猪群后面，等它们拱开雪层把秋天的坚果、干果捡食干净后，才去找点可食的干草落叶。经上次在林场遭遇围狗的教训，年老羸弱的它再不敢走近民居。

一天，两个盗猎者在天然杨桦林发现它的足迹和啃食迹，留痕新鲜，清晨行过。两人看出是头公鹿，野生鹿鞭价已涨至三千元，他们决定码踪。鹿影悄悄抵近，他们看见了鹿右胁那条标志性的弹道痕。那两人是鲁炮的徒弟，深知老头儿和它多年的仇怨，其中一人还在林场围堵过它，对它当年的逃走一直耿耿于怀。这回机会终于来了，况且老鹿鞭也是鞭，城里人看不出来。两人趴在雪地上，一点点靠上去，距离五十米，极佳的射击角度，为保证打倒，两人约好一起击发。

砰！两枪响在一个点上。

鹿倒地，但又翻身爬起，摇摇晃晃地向密林跑去。雪地上，遗留下一行歪歪扭扭的足迹，足迹两边，各一行滴滴答答的殷红血迹。身体被子弹击穿且出血量大，鹿走不远就得倒下。追半里路一人站住，从蹄迹经过的灌木枝条上，取一点黏物，闻闻，有臭味。肠子被打漏了，消化物淌了出来，遭此重创，它挺不了多久。

两人沿血迹急追。奇怪，老得皮包骨头，还重伤在身，怎么跟吃了人参似的还跌跌撞撞往上走？两人是老跑山的，越追越吃惊，它有股说不清道不明的韧劲，眼看不行了，还苦苦挣扎。再跟下去，雪地上出现它靠树歇息的印记。快倒了，猎手鼓励自己，可它还挣命向前走，好像奔着一个目标。来到崖坡下，两人心凉半截，那是河谷边最高的一座悬崖，有三层楼高。歪歪倒倒的蹄迹和血迹沿斜坡通向崖顶。抬头看，鹿已走到斜坡至崖顶最陡的一段路，还有十几米到崖顶。看得出它已极度衰竭，几乎迈不动步，前膝跪地，一步步膝行着缓慢向上挪动。他们猜出了它的用意，心中不由得生出敬佩：不愧是鹿王，硬气！

一人依习惯举枪瞄准，不到三十米，十成把握，枪响

⊙ 鹿侧脸望向两人，似看透他们的心思，平缓地吐出一股长气，然后一扭头，没有丝毫犹豫，用尽最后力气纵身一跃，跳下悬崖。

必倒。另一人持枪观望，只等枪响。少顷，枪口下垂，举枪人小声道："下不去手……"

两人站在坡下，目送老鹿登顶。两次用力挺身，它终于站了起来，颤巍巍迈出两步，走到崖畔。猎人又举枪，犹犹豫豫没敢搂火，从鹿站的位置看，枪一响，它肯定掉下悬崖，难道到手的钱就这么飞了？两人无奈，只好定睛望鹿。

鹿侧脸望向两人，似看透他们的心思，平缓地吐出一股长气，然后一扭头，没有丝毫犹豫，用尽最后力气纵身一跃，跳下悬崖。

两人登上崖顶，向崖下探看，不由得大惊，它还活着！原来，崖下生长一株百年软枣藤蔓（野生猕猴桃），在三棵大树上结成一张大网。鹿正巧落在藤网上，四肢陷进藤蔓空隙，身体被大网兜住，上不着天下不着地，像条掉进网中的大鱼。望着它一鼓一瘪艰难呼吸的肚腹，猎人知道，它最终会困死在藤网里……它至死也没向人类低头。

第十二章
痛失爱子

我见过一本影印的研究古代俄罗斯远东少数民族美术创作的书，书中有大量记录当时人们渔猎生活的图画。这些不同年代的无名的远古劳动者在繁忙的劳作之余，进行了许多有趣的美术活动。他们有的是主妇，有的是猎手，有的是渔民，有的是萨满巫师。

看得出来，那些图画画在不同的材料上，有刻在船帮上的，有画在兽皮上的，有描在鱼皮衣上的，有雕在平板石上的，有勾在陶器皿上的，有涂在桦木碗上的。那些古朴稚拙、不懂透视法等基本规则的画作深深地吸引了我，让我窥见当年令他们激动的一些难忘场景以及一些极普通的日常生活。

其中，渔猎内容占了相当比重，如捕鲸的大场面、猎熊的画面、打松鼠的情景。有的画我印象十分深刻，例如有一套近代的六幅连环画，画的是当时猎鹿的情景：第一幅画了一头雄赳赳的大公鹿在林中行走；第二幅画面上出现了一位携枪带狗追踪鹿的猎人；第三幅猎人持土枪向鹿射击，枪口对准鹿的颈部；第四幅鹿被打倒仰面躺在地上，猎人正持刀开膛；第五幅鹿尸已被分割成十几块，地上有大摊的鲜血，狗蹲在一旁吃应得的奖励———一块肉，猎人在低头处理内脏，旁边的小树上还挂着猎囊、土枪。

画家对这幅画面进行了详细的描绘，被分割的鹿胴体中一对前腿、一对后腿、胸脯肉、肋扇、臀肉等都画得清清楚楚；第六幅猎人带着狗背着肉块转身离去，地下留下一些铺垫在鹿尸下面的树枝。有两只捡食残留肉渣和内脏的鹰和乌鸦已赶到现场，一只落在地上，一只栖在树上。

这组画画得很细致，连猎狗佩戴的浅色颈圈都画了出来。画面提供的信息对了解狩猎生活很有帮助，尤其是第五幅，对如何分割鹿的胴体交代得清清楚楚。然而，一个鲜活的野生生命就这么消失了。

这几年，在深山常常见到三十至五十年前的老鹿窖，已塌陷成一个个长方形的深坑，有的坑底还生长着一棵树龄约十多年的小树。这类鹿窖很多，可见当年马鹿种群数量庞大，猎鹿的猎手也不少。这种鹿窖一般布置在马鹿常走的河沿及沟谷边上。窖长三米，宽二米五，深二米四，整个形状呈倒梯形，上宽下窄，窖四壁以胳膊粗细的圆木一根挨一根地垒成木墙，十分坚固，底部仅剩一条窄缝。窖上棚树枝和长草，其上覆土及落叶，鹿踏上必坠窖中。

有前猎手跟我描述：由于鹿窖的形状上宽下窄，鹿掉入其中，实际等于四肢被狭窄的底部牢牢夹住，根本动弹不了，只能坐以待毙。有时猎人去巡查鹿窖，正赶上鹿掉入窖中不久，眼睁睁望着猎人一步步走近，那时候鹿的那种眼神，简直没法看……

我很庆幸鹿王生活的年代已没有人挖鹿窖捕鹿了，太麻烦。如果采用此法，再聪明的鹿也会落入陷阱。当年有个猎鹿高手挖鹿窖、绑钢丝套、下踩夹、纵猎狗追杀和用枪打，什么招都用，一秋天猎杀三十多头公鹿。砍下的鹿角太多，没地儿放，只好扔进新挖的菜窖里，光鹿角就堆了半菜窖。

这时候，我才知道瘸腿母鹿和小牛联手斗围狗群是一场极其艰苦的战斗：鹿的胃分瘤胃、蜂巢胃、重瓣胃和腺胃四个室，这意味着它属草食性反刍动物。尤其马鹿耐粗饲，更需反刍。吃草时，它大口大口将草的茎叶吞入口中，送入瘤胃，这样吃得既快又多，但它需要一定时间的反刍。反刍时将瘤胃中尚未嚼碎的食物返回口腔重新咀嚼，然后再送到瘤胃和蜂巢胃继续消化。这个过程粉碎了食物，有助于消化利用植物养分，但延长了消化时间。受过训练的猎狗懂得如何追猎，它从早饭后八九点钟开始追踪，一直不停顿地追踪下去，不给马鹿反刍的时间，只能奔走逃命。这样紧随鹿影追踪到下午四点左右，马鹿就走不动路了。原因是它胃里的碎草团来不及反刍，时间一长，已板结成一块硬草坨，沉坠胃肠，根本无法跑动，否则会坠破肠胃。猎狗靠此法最后能捕杀马鹿。

当时，那群围狗就是采用此法，一直包围母鹿和小牛娘俩，想把包围战拖到黄昏，等对手无法行动时再发起最后进攻。我赶到时已是午后两点，它们一直忍受着肠胃下坠的痛苦坚持战斗。怪不得我赶走狗群后，它们在原地反刍了好长时间，才跟我回村。

二〇一一年，临近春节，我又去宝马屯看望瘸腿马鹿。一进屯，立刻听见它的嘶鸣，叫声中流露出焦急而又惶惶不安的意味。这鸣叫我懂，是一种呼唤，呼唤走失的幼仔，叫声才如此急迫，如此惶恐。

怎么了，它是在找干儿子吗？不安分的小公牛哪去了？它又走失了吗？

我循声过去，看见了它的身影。只见它拖着瘸腿一步步费力地走着，显然是尽了最大的力气，步伐比以往快很多。从路线上看，它在兜圈子，绕着整个村子兜圈子。偶尔，它会停下来，大口大口地喘粗气，同时竖起耳朵专注地倾听，想听到小牛回答它的声音。

我也停下，倾听片刻，期盼听到小牛的叫声，那是母鹿最希望听到的声音。这时，我听见身后一个苍老的声音说："唉，从大早晨起，瘸子这是绕屯子兜第三圈了，它找不着干儿子啦。"

我心头掠过一丝不祥的预感：快过年了，主人家是不是把白吃草料又干不了活儿的小公牛给宰杀了？这两年，它长得很肥壮。老农民是最讲究实惠的，他们不会白养着它，所以得去牛主人老范家一探究竟。

这时，母鹿好像与我心有灵犀，转身向牛主人家走去。我慢腾腾地跟在它后面，心里的不祥预感像阴云，一点点罩了上来。

母鹿走进牛主人家的院子，在房前屋后、牛栏、柴垛间绕来绕去，反复搜寻。它的姿态很紧张，耳朵转来转去，像雷达一样，倾听着四面八方每一丝疑似小牛的声音。眼睛东张西望，像扫雷器，寻找每一处小牛活动的蛛丝马迹。

突然，它站住了，全身凝然不动，像一座雕像，凝视着院门外的土堆。双耳直竖，紧张地绷直，也朝向同一方向。全身上下，只有它的鼻孔在动，张得大大的，反复翕动，仔细嗅闻、捕捉、分析空气中传来的微弱的可疑气味。

鹿的嗅觉太灵敏了，在日常生活中，它必须靠嗅觉嗅知食物、亲友、天敌，所以它的这种表现，说明嗅到了震撼它心灵的气味。那气味仿佛有种不祥的魔力，一下子把它定在原地。

少顷，它忽然哀哀地号叫一声，向那个隆起的方形土堆走去。看出来了，那是个储存冬储菜的菜窖。它一边号叫，一边走向那个菜窖。走到菜窖中央，反而不叫了，只是反复嗅闻盖在菜窖出入口的那块又大又厚的木板。

我走近去，看见那块木板上凝结大摊紫红色的血迹。看得出来，当时血流量很大，凝固的紫血积了厚厚的一摊，向四周缓缓流淌蔓延，渐渐被严寒冻凝，结成厚厚的深紫红色血冰。

吸引鹿的，正是这摊血迹。

我的心沉了下去，一股难言的悲痛在胸中涌起，这里是屠杀小牛的现场——那是它流出的鲜血凝结成的厚厚血色冰晶。

现场四周，可找到散乱的牛毛、踩踏的乱糟糟足迹和几滴近乎黑色的凝血块。

母鹿灵敏的嗅觉分辨出了小牛的气味，它找到了这个令它心碎的现场。

过春节前，百姓们杀猪宰牛本是一桩喜事，是过年的一大习俗。可是，谁考虑过母鹿的感受？它失去了一个至亲至爱的亲人，一个寄托了它全部母爱的幼儿。

大滴大滴的泪水扑簌簌地从长长的脸颊流下，母鹿发出一声声撕心裂肺的哀鸣。

131

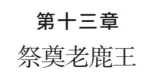

第十三章

祭奠老鹿王

年头愈久白骨愈白，远看像片片白雪。

二〇一二年，我五十七岁。这年的五月初，又一次去鹿蹄沟，只为完成一个心愿——祭奠老鹿王。

向导没去，他忙着采野菜挣钱，此时是野菜采摘旺季。我驱车二十五公里，在原始林走十八公里。好在这一年少有人来，当初留下的记号还在。沿途我一直在拍野花照片，美汉草、延龄草、高山杜鹃、绣线菊、繁缕、草芍药、东北大戟、笔龙胆、荷清花、贝母、金腰子、延胡索等，太多的野花开放。其中最美丽的当属金栗兰科的银线草—— 一个竖立的橄榄球形的花茎，像被十多支银色长箭射中似的，不规则地伸展出十支皎洁莹白的细长柱状花丝，在大红松根部阴影中幽幽生光，难怪民间称它灯笼花，此花有异常香气，幼芽可食。林缘到处响起柳莺的歌唱，数不清的柳莺歌鸣汇成一片歌唱的海洋。进入森林，歌唱的天地就被黄喉鸱占据，嘹亮婉转，不知疲倦，歌声响遍整个森林。鳞头树莺、灰山椒鸟、白腹蓝鹟也开始求偶鸣叫。其中一只俗名叫"蓝大胆"的普通鸱叫声急迫、大声、慌张，它在报警。循声找去，见一只长尾林鸮，落在了蓝大胆家园附近，招来主人的强烈抗议。这是只去年出壳的少年鸮，一会儿就会被一群愤怒的小鸟包围，驱赶出境。它是个典型的夜猫子，常在夜间抓睡梦中的小鸟。白天它就成了睁眼瞎，小鸟趁机展开报复，争先恐后地向它进攻。

抵达河谷，远远见高崖兀立，半腰残留着片片积雪，在午后阳光下闪闪发光。我心里一动，阳面怎么会有雪？况且已进五月。哦，到了，那是老鹿王的大块白骨，这里是它最终归宿。

这一生中第二次看见鹿骨骸。二〇一一年听到消息：

省里的一个慈善机构，花钱在鹿场购得六百只梅花鹿（一说是三百只），在长白山西坡放生。那是长白山梅花鹿灭绝近四十年的第一次大规模放生。放生的决策者做"善事"太缺乏动物的常识，没有经过散养训练，就把在畜栏里生活了很多代、终日靠饲养员照料的养殖动物放归自然。结果，这些梅花鹿中的五分之一去民居乞讨食物时被杀，剩下大部分鹿在山上艰难求生。早已丧失自主觅食能力的它们，在夏秋季还勉强度日，进入冬季，立刻陷入冻饿交加的绝境……这些年登山入林，大森林里亿万动植物展现出精妙绝伦的共生共荣的进化奇迹让我无数次惊愕、狂喜。然而，人类妄图主宰大自然的愚昧和短视也一次次令我错愕、震惊。那数百头活生生的生命在寒夜里冻饿不支，以家庭亲友为团体互相依偎取暖。但是，它们抗不过一天甚于一天的寒冷，最后在黎明前最寒冷的时刻倒下……我去看过它们的遗骸，东一堆，西一堆，分布在周围几座山上，找不全也数不清。生前，它们都毫无例外地选择了阳坡，所有遗骸都呈现一个共同特征：个个颈椎伸得老长，与头骨整齐划一，全部朝向东南方——太阳升起的方向。它们知道，太阳会带来光和热，在死亡前那一刻，它们盼望救命的阳光。

数人的死亡，在人类世界会是个轰动的新闻。数百头梅花鹿的死亡却悄无声息，只有我来讲述它们最后的命运。我要说：山林是动物们的乐园，绝不是停尸场！

思索间，我已走到软枣藤架下。这片藤网有半亩地大，百年老藤虬曲如龙，缠绕在大山榆树上。近前看，藤网上有老鹿王带角的头骨、断裂的脊椎骨、肋骨扇、肩胛骨、骨盆等大块骨骼。历经十几年的冰霜雪雨，它们洁白无瑕，熠熠耀眼。再细看，骨头纯白中透异样惨白。不，"阴白"更准确，所有骨骼都纤纹密布，渗出淡淡阴气。深山中的每个大软枣藤架都是熊的私家果园，可熊似乎从未来过这儿，熊的数量实在太少了。除小块骨头漏到地上，整副鹿骨架仍保持当年原状，俯卧着躺在藤网中，像一具石膏雕塑，纯净而尊严。时值五月，林地一片翠绿，

⊙ 秋天，芬芳多汁的青果累累垂垂，白骨在青果间若隐若现，像森林为鹿王献上的贡果，生前喜食，逝后陪伴。

软枣藤上新叶簇簇，油亮亮的绿叶尖缘沾油亮亮的红，白骨年年春天有这些绿莹莹新叶陪伴。夏天，软枣花开，娇弱秀雅的白色碗状花簇拥白骨，花蕊柔丝摇摇，花药暗紫绒绒，浓浓花香缭绕在白骨间。秋天，芬芳多汁的青果累累垂垂，白骨在青果间若隐若现，像森林为鹿王献上的贡果，生前喜食，逝后陪伴。

野生动物从生到死，一切都进入森林生态循环。人类从生到死，始终制造各种垃圾，污脏地球。老鹿王是个例外，它被逼上绝路，留下了这座绿意葱茏的天然坟墓。这种悬空树间的葬式，与远古北方少数民族的树葬何等相似，只有氏族内德高望重的高寿老人才能享受这种荣耀。我仔细看了看藤网中的鹿角，短矮五叉，深棕黑杂暗琥珀色，陈旧破损，是典型的老年角。马鹿的自然寿命为十五年，在人类猎杀下，它们一般活不过六年，老旧鹿角显示鹿王已活了十四年以上，这是个奇迹。尤其鹿王生命中的黄金期只有三年，这也是它的最佳交配期。据向导说，它雄踞王位长达五年。在这破纪录的五年中，它凭借智慧和勇敢多次挫败人类的狩猎和众多公鹿的挑战，把它顽强的求生意志、聪明头脑和强健体魄等优良基因传给一代代子嗣。向导还说，听老辈猎人讲：马鹿的大脑是森林动物中第二大的，熊的最大，所以马鹿聪慧机灵。

我明白了，马鹿比原麝和梅花鹿多了一分顽强，多了一分智慧，多了一分求生意志，所以活到今天。

山上不能用火。我拿出三个青苹果代替香烛，郑重地摆在藤架下。一鞠躬，为你传奇的一生；二鞠躬，为生你养你的山林；三鞠躬，为承继你血脉的子孙。

"人与麋鹿相处，耕而食，织而衣，无有相害之心。"老庄在《盗跖》中描写了一幅他渴望的美景。在找到的众多写鹿的古诗词中，我最喜欢这句两千三百多年前的话语，特意把它写在一片白桦树皮上，郑重地摆放在软枣藤架下。

祭奠完毕，我久久地徘徊在软枣藤下。昔日，这座悬崖曾回荡着鹿王强有力的震撼长吼。今后，这里还会响起那绵绵不绝的回声吗？

　　祭奠鹿王归来一个月，我听到惊人消息：山上出现五头熊的残缺尸体。原来，就在祭奠日那几天，山上响起五声低沉的爆炸，盗猎分子用饵雷炸死五头熊并砍掌取胆。我在现场拍摄了百余幅照片并录像，随后在微博上发布，很快转发量上万，央视等二十多家媒体报道，形成舆论压力。长白山公安局迅速破案，抓获了以徐武章为首的五人盗猎团伙，首犯就是当年追逼老鹿王跳崖的两个猎手之一。此后近二十年，他每年都猎杀一两头熊或马鹿。二〇一二年，在当地的地下黑市，一头鹿值一万元，一头熊值两万元。案件审理中，还挖出徐武章猎杀多头马鹿的犯罪事实。紧接着，长白山公安局实施了针对盗猎和非法贩卖野生动物制品的二百天专项整治，收缴了一批枪支，破获多起案件，基本杜绝了盗猎行为。

　　我为那五头熊报了仇，也为老鹿王报了仇。更重要的是，长白山的最后一代盗猎者遭毁灭性打击。五至十年后，这些人已垂垂老矣，年轻人不干这行当，长白山的野生动物从此走向自由天地。

第十四章
复仇的母亲

又一次去宝马屯，是在小牛被屠宰后，我一直担心瘸母鹿，怕它因为伤心过度影响身体。动物太单纯，有时会因为悲伤过度死去。

事后听说，瘸腿母鹿一连几天不吃东西，不喝水，身体迅速消瘦下去。它整日像梦游一般，深陷在悲痛之中，精神恍惚地在村道上游荡。但是，它总是避开小公牛主人家的院子，避开那个它曾去过无数次的无比熟稔的地方。

宝马屯村里，从此再无母鹿和小公牛亲密相伴的情景，只剩下它孤零零的独行身影。

鹿主人老王头心细，知道这种情形再继续下去，单纯的母鹿可能会永远生活在伤心欲绝的心境中走不出来，最后郁郁而终。唯一的办法就是再给它找一个幼儿那样的同伴，一个能重新唤起它内心母爱的小动物。于是，他从朋友家要来了一只小狗崽。同时，他还特意把狗崽的小窝安放在鹿围栏旁边。

　　小狗崽进家的那天，瘸腿母鹿正好在院子里。那个颤巍巍动来动去，不断发出哽哽哀叫的浅黄毛色的小东西立刻吸引了它的注意力。它俯低头，不断地在小狗崽身上嗅来嗅去。刚离开母亲的小狗用黑晶晶的眼睛望着母鹿，哀叫声更急，似是跟妈妈哀泣着要吃奶。母鹿被打动了，伸出舌头，无比慈爱地一下一下在它身上舔舐起来，仿佛在用舌头为它洗澡。见此情景，老王头的脸上乐开了花，赶紧端起饲料槽，里面盛满了鹿最爱吃的炒黄豆拌碎谷草，放到鹿身边，还在草料上细心地均匀地撒了一把精盐。

　　从此，村人很少见到那熟悉的母鹿一瘸一拐走路的身影。它几乎每天都在院里围着那个小狗崽打转，时刻不让它离开自己的视线，生怕再失去它。

　　老王头高兴得逢人便说：这下好了，瘸子又找到个狗儿子。

　　半年后，小狗崽长成少年狗，能撒欢在村里到处跑了，开始在村里四处探索。有一天，好奇的它跑到了昔日那头跛脚小公牛家的院落前。跟随而来的瘸腿母鹿忽然站住，低低地沉沉地嘶鸣一声。据当时目睹的人说，那声嘶鸣像开战前的咆哮，恶狠狠的，很可怕。

嘶鸣过后，它一步步踏上菜窖，来到那块又厚又重的大木板前，低头嗅了一下。然后昂起头，抬起一条前腿，狠狠跺在木板上。

一下、两下、三下……那沉重又有力的跺击声像一声声沉闷的鼓点，震动四方。

那是一块敦实的橡木板，鹿尽管怒气冲冲发力猛跺，但一时难以毁掉。它一直坚持用力猛跺，母鹿把木板当成了仇人，它似乎把对屠杀小公牛者的全部的仇恨，把对失去小公牛的深切悲痛，全部汇聚到这块厚重的木板上了，一个劲地连续猛跺。

这时，村里几头散放的牛经过这里，看见了瘸腿母鹿的举动。奇怪的事情发生了：几头牛像是听到了一个无声的号令，不约而同地全都登上菜窖，围拢在母鹿旁边，一个个牛眼睛瞪得大大的，急促地喘着粗气，瞪视着那块厚厚的木板。忽然，有一头大公牛走上前去，和母鹿并肩站在一起，抬起前腿，也发力猛踩那块木板。这些牛必定回忆起那头死去的跛脚伙伴——小公牛，它们和母鹿一样，痛恨杀害同伴的行为，把怒火发泄到了这块厚木板上。

一时间牛群乱哄哄地拥挤着冲上来，哞哞吼叫，纷纷举蹄猛踩那块木板，直到把那么大、那么厚、那么重的一块木板踩得粉碎，怒牛们才一个个喘着粗气离去。

目睹此情景的人说，当时牛群像是在母鹿的号召下发动了一场暴动，个个瞪着眼珠子，凶巴巴的，喘气声特别大，哞哞乱叫，一股脑扑上去踩踏那块木板，人在旁边都不敢上前。直到牛群愤怒平息，各自归家之后，人们才去打扫牛群踩踏过的那片泥泞。

那块大木板消失得无影无踪，只剩遍地碎木块和木屑证实刚才发生过的惊心动魄的事情。那些和牛打了一辈子交道的庄稼人怎么也想不到，平时那么温顺的瘸腿母鹿和只知默默劳作的老牛，一旦愤怒起来，破坏力会如此惊人！他们更想不到，平时逆来顺受的动物也有一颗有爱有恨的心。它们的这些感情深藏在内心里，无人关心也无人体会，只知道无情地役使它们，屠宰它们。但是只要细心呵护，认真体察，就会发现，它们是具有丰富情感和珍视友谊的生灵。无论野生动物或养殖动物，都是人类的伙伴，都值得我们关心和爱护，它们是我们的朋友。

第十五章
愿你们被世界温柔以待

尖梢呈近乎融入空气的淡淡土黄，一线明光勾出它与周围枝丫不同的骨质，斑驳光影中，向下依次为亮土黄、灰黄、暖棕、苍褐、棕黑。七叉角终于转动，簌簌擦蹭枝条，才见与树干重叠的头颈暗影。杂木林与鹿体毛同色，鹿不动，静如林，鹿若动，雪映影。

二〇一三年夏，多年盘桓在散步小道上的那头与我在黑夜相遇的孤鹿蹄迹印在雨后细沙上，鲜明而清晰，鹿迹后头跟着一只猞猁足迹，极其罕见。我不由得大喜，鹿肉有特殊香味，虎、豹、猞猁、熊均特别喜欢猎杀马鹿。猞猁追踪马鹿，是原始林本应出现的平常事，但长白山北坡无虎，豹一对，猞猁十对，棕熊一对，黑熊不足十头。专项整治才一年，猞猁出现在距居民区仅一公里的林缘，说明马鹿已成为森林生态系统中的关键种群，它们数量的多寡，影响森林大中型食肉动物数量的增减，其中还包括食腐鸟类及昆虫群。食肉动物捕杀马鹿中的老弱病残者，反过来促使马鹿群更健康更机灵。当这些动物种群达到足够数量，森林生态才真正无恙，这是好兆头。二〇一四年深秋，出租车司机老李在上山公路二十五公里处拍到公鹿率领的众妻群在林缘游荡，即发朋友圈。看后我立刻明白，大好机会近在眼前。

面对林间小道，身着白色伪装服，背倚长着错落有致的木蹄层孔菌的百年老桦枯桩，五十九岁的我几乎隐身白桦林中。

冬日白雪皑皑，草木凋敝，鹿儿们想吃饱很难，只好消耗秋季积存的脂肪，维持生命，艰辛度日。这时候打扰它们及各种野生生命是极不明智的蠢行——这种惊扰或压力使它们由心情平静转为情绪紧张，由闲散踱步转为惶急奔逃，使它们一次次燃烧脂肪，耗费能量，是对它们极大的隐形伤害，它们要靠宝贵的脂肪度过寒冬，支撑着挨到来年春天。真正爱动物，就不要打扰它们的安宁。所以，为了这次相遇，我费尽心思，努力把自己伪装成一棵树桩。

十五时，日头卡山，一阵微风吹过，林梢雪花飘扬，满目冰晶。我的心一颤，似听到踏雪轻响，声音来自林间。野猪群？不，它们在行进中发哽哽哽的轻柔联络音。渐渐地，树缝间现苍灰身影，一对鹿角在拐弯处露头，它身后隐约有多头鹿影。哇，一大家子。

小微风往东北走，它们嗅不到人类身上的酸臭味及工业产品的气味。我全身白色，似瘢痕累累的老白桦伫立无声，它们听不到我的动静。宁静中，已听见杂沓的踏雪声和纷乱喘息，一群苍灰色马鹿陡然出现在我面前。领头的是大公鹿，头顶一副又高又宽的大叉角，虽略老旧，仍威风凛凛。身后十余母鹿和小鹿相随，个头稍小，姿态平和安详，它们丝毫未察觉我这个大活人的存在。领头鹿行走从容、稳健，一步步近前……不到十米，它忽然停下，扭颈侧脸，向前探看。

一头庞大鹿王前来，我已惊呆喜呆。待至眼前，怕惊动它，更不敢动。近极了，它呼出的白色气柱几乎喷在我身上。凭直觉站住，它感到前方不对劲。它略感不安的目光扫过我时，我很自信，口罩上方露出的眉眼与身后菌块树瘢混杂，不易辨清。与野生动物对视是大忌，它会觉得你在表示敌意或威胁。

这回真好，可以直视它的眼睛。

没有野性，没有陌生，像常见面却又不交往的邻人，对其略知一二，见面注目一笑，怎么会有这种感觉？是了，近二十年白山黑水漫游，造访林下猪场、养熊场、养狐场、鹿场、貂场、鹰户颇多，尤以鹿场量大，对动物的兴趣、观察、了解、体会、记忆远胜对人，自觉不自觉地把它们当成荒野中我的另一类血亲或引为朋友邻里熟人，见面哪还有陌生之感？可现在面对的毕竟是一头野生马鹿，而且是朝思暮想的鹿王啊。

近乎裸露的长鼻梁，黑亮的鼻唇，颏下长髯，高挺宽阔的肩部，敦实有力的前腿，浅色膨凸的肚腹……此时，夕阳映透白桦林，照在它侧面脸颊上，一片明亮。它的眼睛大而柔美，清澈晶透。长而密的睫帘被晚霞染作金色，眼白亦成淡黄，衬托微鼓的黑瞳更水润有神。眼角深泪纹寸许，引眼睛略上斜，带出一丝媚气。最令人惊讶的是它的目光，流露出极致的干净、单纯，人间难寻。是啊，那是森林养育的纯净。它身后的母鹿也一样，个个目光单纯和善，似一汪汪清泉。

"嗞呦——唔！"一只幼鹿发出尖细颤抖的问询。扑棱、扑棱，它随即抖抖耳朵，深深嗅吸，找寻不可知的危险。母鹿有侧脸张望的，有摇耳倾听的，稍显不安。

挡路了，该让人家自由行走。我晃晃头，它没反应。再缓缓摆手，它疑惑地看我，轻轻打个响鼻，转身迈步入林。行数步，扭头回望，脚步加快，整个鹿群随它进入树林。这时，又一阵风来，吹落树冠积雪，满目冰尘雪屑在夕阳中金晶烁烁，繁密飘飘，漫天莹彻，恍若仙境。我目送着鹿群慢慢消失在森林中。

鹿群里有比那年跟妈妈对话大几个月的少年鹿及多

一岁的小鹿，有众多已怀孕明年春天生产的母鹿，分明一个拉家带口的大族群。归途中我满心欢喜，脚下生风。今后，它们再不会有老鹿王的遭遇，全都能活着，一代代活着，快乐自由。

⊙ 一阵风来，吹落树冠积雪，满目冰尘雪屑在夕阳中金晶烁烁，繁密飘飘，漫天莹彻，恍若仙境。我目送着鹿群慢慢消失在森林中。